ちくま文庫

東海林さだおアンソロジー

# 人間は哀れである

東海林さだお
平松洋子 編

筑摩書房

もくじ

1

**2**



**3**

東海林さだおアンソロジー

# 人間は哀れである

1

# なんとなくクラシテル

「このサンマはどこで獲れたものかね」

雄一は朝食の食卓で妻に訊いた。

この日は、なぜか朝食にサンマの塩焼きが出た。

「さあ」

妻の良江はいつものように気のない返事をした。

「そこのスーパーで買ったものだから」

そこのスーパーというのは、「スーパーダイエー西新井店」のことで、サンマは前日の閉店間際セールで五匹四〇〇円で買ったものだ。

スーパーのパックサンマに産地の表示などしてあるはずがない。

(そんなこともわからんとか)

妻の良江は舌打ちしたい気持ちだった。

雄一もそのくらいのことは知っている。

だが夫婦二人きりの気づまりな朝食の、せめての話題としてわざと訊いたのだ。

いっぺんに五匹も買ってしまったので、早目にどんどん食べなければならない。

このサンマは、『強火で旨味を逃さずこんがりと裏表裏返す手間の要らない・両面交互焼き・ナショナルフィッシュロースター・NF－RT500・分割価格毎月五五〇〇×四回』で焼いたものだ。

このフィッシュロースターは、『煙とニオイを抑えるフィルター』がついている。

雄一がいま朝食を食べているのは、足立区西新井三の二の二、西新井団地の四号棟の三〇三号室だ。

団地で焼き魚をすると、そこらじゅうの部屋の天井に煙がたなびき、そこらじゅうの部屋が魚くさくなる。

団地で焼き魚をするには、《煙とニオイを抑えるフィルター》は必需品だ。

朝食のおかずは、サンマ一匹と《岩下の新生姜・新物あさ漬風・二九八円》だけだ。

ゴハンは《玄関あけたら二分でごはん》の《サトウのごはん・ガス直火炊き無菌パック二〇〇g・一五八円》を電子レンジでチンしたものだ。

チンしたパックからゴハン茶碗にあけかえてあるのだが、パック容器から出したときの板状のまま、よくほぐさずに盛ってあるので、盛ってある、というより、折りたたんである、というような盛り方になっている。

朝からサンマは胃に重い。

雄一はサンマのおなかあたりを少しつついただけで、食卓の隅にあった《味ひとすじ・永谷園・おとなのふりかけ・生のり・新鮮風味・さけ三袋入り・一二八円》のうちの一袋を取り出し、それを折りたたみめしにかけて食べることにした。

雄一はカシャカシャとふりかけの小袋を振る。

こうしないと、《鮭鱒・乳糖・海苔（もみ海苔・凍結乾燥生海苔）・調味料（アミノ酸等）・食塩・鮭エキス・小麦粉・澱粉・植物油脂・砂糖・着色料（紅麹・アナトー・赤ビート）・乳化剤・酸化防止剤（ビタミンE）・その他》などが、よく攪拌（かくはん）されずに出てくることになる。

ひと振りで、海苔ばかり出てきたり、顆粒ばかりが出てきたりすることがよくあるのだ。

ふりかけのかかったふりかけめしをモシャモシャと食べる。

口の中がカサカサするので、『生みそ仕立て・米みそ・貝エキス・かつおエキス・酒精・調味料（アミノ酸等）・具（殻付きしじみ）・九八円』のインスタント味噌汁を一口すった。

これはカップ入りのインスタント味噌汁で、妻の良江が、『タイガー・PE1－二二〇〇ATW・容量二ℓ・色別・白色・一五五〇〇円』の電気ポットをブシュブシュブシュと三回押して『熱湯二分』で出来あがったものだ。これも一応お椀にあけてある。

この味噌汁は、死んでいるはずの殻付きしじみが、熱湯二分ののち、いっせいに口を開けるところがなんだか不憫だ。

最近はインスタントの味噌汁は『生みそ仕立て』が多いが、これは粉末ものとちがって熱湯をそそいでもぬるく仕上がるのが欠点だ。

そういえば雄一は、最近、家庭でも外でも、思わずフーフー吹くような熱い味噌汁を飲んだことがない。

食卓のそばのテレビは、10チャンネルに合わされていて、「新やじうまワイド」が映し出されている。

妻の良江がこの番組の司会者の吉沢一彦のファンで、朝のテレビはいつも10チャンネルに固定されている。

妻の良江『熊本県立南西学園高校卒・身長一五六センチ・体重六〇キロ・小太り仕立て・色別・浅黒・着色料（頭髪部）ビゲンヘアマニキュアジェル・ダークブラウン（しらが用ソフトカラー）・九五〇円・趣味・食べ歩き等・年齢五十一歳』は、ダイエットをしているとかで朝食はめったに食べない。

お茶をすすっては、ときどき『岩下の新生姜』をポリポリとかじっている。

良江の頭頂部は、『ビゲン』で染めてからだいぶたっているらしく、根元のところが五ミリほどいっせいに白くなっている。

雄一はこういう〝白い茎〟のオバサンを街でもよく見かける。見かけるたびに、みっともないな、と思う。

だが妻の良江に、そのことを注意したことは一度もない。白い茎が一センチにもなったことがあるが、それでも注意はしなかった。

雄一は最近、鼻毛の八割がしらがになった。しらがの鼻毛が一本、ときどきはみ出していることがある。

妻の良江はそれを見ても注意したことはない。白い鼻毛が一センチもはみ出していることがあったが、それでも注意はしなかった。

「新やじうまワイド」は、宮沢りえの激やせ問題を論じあっている。

雄一は宮沢問題には関心がないので、『明治二十五年三月八日・第三種郵便物認可・定価（消費税込み）一か月三八五〇円』の毎日新聞の朝刊を拡げた。

拡げると同時に、右手を伸ばして、『長さ65㎜・少し長めですからお料理にも便利に使えます・コシが強くニオイの少ない白樺を使いました・本数約三四〇本・日本製・白樺楊枝・一〇〇円》のプラスチックの丸い容器を引き寄せた。

新聞を読みつつ歯をほじる、というのが雄一の朝の憩いのひとときだ。

雄一はいま五十二歳。歯と歯のスキマは年ごとに拡がりつつある。

食べ物がはさまる場所は決まっている。

定例の場所に定例のものがはさまる。

きょうの定例は《岩下の新生姜》だ。

定例の場所は、右下奥から二番目と三番目の間、左上奥から三番目と四番目の間だ。

右下奥は比較的簡単に夾雑物を撤去できるが、左上奥は手強い。

ここにはさまったものの撤去には、毎度三本の楊枝を必要とする。

だが、きょうの《岩下の新生姜》は特に手強かった。三本では足りず、四本を必要とした。

一本約二九銭の楊枝といえども、新しいもう一本を取り出すときには心が痛む。

きょうは楊枝代だけで一円一六銭もかかってしまった。

右手の楊枝で左上奥の歯と歯の間の夾雑物を取ろうと、上目づかいになってもがいている夫を、妻の良江は冷ややかに見ていた。

(早く決着つけんとか、このウスノロ)

妻の良江は朝食は食べないが、一応夫の朝食にはつきあう。

つきあってはいるが、この夫との朝食が一刻も早く終ればいいといつも思っている。

一刻も早く歯をほじり終え、一刻も早く会社に行って欲しい。

特にきょうは、これからデパートに出かける予定なのだ。

きょうはこれから嫁に行った長女さやかと三越デパートで待ち合わせ、いっしょに昼食を食べる予定なのだ。

この団地から日本橋の三越デパートまで地下鉄一本で行ける。

三越デパート四階の大食堂で、良江が「松花堂弁当」（一五〇〇円）、さやかが「洋風ランチ」（一五〇〇円）、孫の健太が「お子様ランチ」（八〇〇円）を食べるのを常としている。

「松花堂弁当」は、さしみ、天ぷら、大きな豚の角煮に野菜の煮物に玉子豆腐がついて一五〇〇円。

新聞半分ほどの大きなお盆一杯に展開するたくさんの料理を目の前にするたびに、

「こおーんなについてて一五〇〇円！」

と、良江はいつも同じことを言ってニッコリする。

洋風ランチはフライ物が中心で、エビフライ、ホタテフライ、コロッケにかなり大きな豚肉のソテーがつき、さらにマカロニグラタンの皿、ババロアの小皿がつく。

これまた長女さやかの大のお気に入りだ。

孫と娘と三人で、顔を見合わせては、エビの天ぷらに天つゆをつけて口に入れ、(いつもの、あの夫との朝食と比べて、なんでこんなに楽しいんだろう)と良江はいつも思う。

「いつか、この上の六階の『特別食堂』で三人でお食事しようね」

というのが三人の夢だ。

お勘定はわり勘ということになっているのだが、いざ払う段になると、いつも良江がお子様ランチの八〇〇円を払ってくれる。

良江はイライラと時計を見、歯をほじっている夫を見る。

雄一はようやく新聞を置き、先の丸くなった『白樺楊枝』三本をテーブルの上に散らかしたままノッソリと立ちあがった。一本は口にくわえたままだ。

(やれやれ)

と良江は思う。

あとは洗面所に行って養毛剤を頭にふりかけ、髪をクシで整え、ネクタイをしめ直し、上着をはおって玄関に行き、赤くて長いプラスチックの靴ベラで黒い革靴をはいて出て行くだけだ。

雄一は立ちあがるとベランダに出た。

（おや）

と良江は思う。（話がちがうじゃないの）

ベランダに出た雄一はくわえた楊枝に手をやった。

赤トンボが低く飛んでいる。

三階から見ると、トンボは足の下を飛んでいく。

南南西の風、風力三、気温二十七度、湿度六十五%、気圧一〇一四ヘクトパスカル、という、典型的な秋の気象の中で、雄一はため息ともつかない息を小さく吐いた。

もうすっかり秋だ。

団地のはるか向こうの空に浮かんでいる淡いさざ波のような雲は、あれは巻雲の一種だ。

この雲が浮かぶと、二、三日後に天気が変わる。

中学のとき気象部にいた雄一は雲にくわしい。

（あさっての健太の幼稚園の運動会は大丈夫だろうか）

四号棟の前にあるイチョウの大木の葉が、黄色味をおびはじめている。

（そういえば、ことしはカナカナの声を一度も聞かなかったな）

そんなことを思いつつ、雄一は洗面所に向かった。

（やっと）

と妻の良江がそれを目で追いながらため息をつく。

洗面所の鏡の前に立つと、雄一はいつものように少しかがんで頭頂部を映し、それから意味もなくそのあたりをそっとなでる。

このところめっきり薄くなってはいたが、さらに一段と薄くなったような気がする。

なんだか心臓のあたりがドキリとする。

棚の上の、大切な、大切な〘積極発毛!カロヤン・アポジカ・二〇〇㎖・医薬品・五〇〇〇円〙の茶色いビンを取りあげた。

このアポジカは、会社のそばのセガミ薬局チェーンで四七八〇円で買ったものだ。

四七八〇円。

自分の小づかいで買ったものだ。

四七八〇円。

血の出るような出費である。

妻の良江に、これまで何回か〘アポジカ〙を買ってきてくれるように頼んだ。

だが良江は、その都度、忘れた、とか、なかった、とか言って買ってきてくれたためしがない。

家計費から、夫の養毛剤代を出すのが嫌なのだ。

暗に、(自分の小づかいで買え)と言っているのだ。

そのくせ、自分の《ビゲン》の代金は家計費から出している。《ビゲン》に限らず、《(株)ファンケル化粧品》という通信販売の化粧品会社から大量の化粧品を取り寄せ、この代金も家計費から出しているのだ。

雄一は、本当は《薬用紫電改》を使いたいのだ。だが紫電改は六〇〇〇円もする。しかも紫電改は、一円たりとも値引きしない。

雄一は《アポジカ》を四七八〇円で買っているが、会社の同僚の話では、新宿に《カロヤン・アポジカ・四六六〇円》という店があるそうだ。

その話をしていたら、別の同僚が、渋谷に《カロヤン・アポジカ・四四〇〇円》の店があるということを別の人から聞いたことがある、と教えてくれた。

こんど三人で、その店に買いに行こう、ということになっているのだが、まだ実現していない。

三人とも、第一志望は《薬用紫電改》なのだが、小づかいと値段のバランスで《アポジカ》で我慢しているのだ。

会社には、そういう《アポジカ層》がたくさんいる。

雄一は《カロヤン・アポジカ》のフタをとって、頭頂部の左から右に向かって、一滴ずつ、計四滴をふりかけた。

ふりかけて指でカシャカシャとこする。

《カロヤン・アポジカ》が頭の地肌にしみこんでいく。

左手に持ったビンに目をやる。

《成分・分量（一〇〇㎖中）塩化カルプロニューム1g・カシューチンキ3㎎・チクセツニンジンチンキ3㎎・パントテニールエチルエーテル1㎎・L−メントール0.3㎎》。

この中の、チクセツニンジンがなぜか心を打つ。

チクセツが頼もしい。

どんなものなのかはわからないが、なんだか効くような気がする。

能書には《毛母細胞をよみがえらせるチクセツニンジン・毛根、特に毛母細胞を刺激し、活性化する働きがあります》とある。

意外にあっさりとしか書いてない。

チクセツニンジンについて、もっともっと説明して欲しい。

もっともっと読みたい。

頭頂横一列のあとは頭頂から額に向かって縦一列に一滴ずつ四滴。

次に、頭頂の周辺をグルリと円形に一滴ずつ四滴。

全体を貫いているのは頭頂第一主義だ。

総計十六滴。

この数は一滴たりとも増やすことはない。

本当は、総計であと四滴増やしたいと思っているのだが、一日四滴増やすと一か月で実に一二〇滴増えることになる。

頭全体に十六滴振りかけたあと、いつも茶色いビンを透かして中の減り具合を見る。残り少なくなっているときは心底悲しい。

雑誌の特集などで、よく「死ぬまでに一度してみたいこと」というのがあり、いろんな人がいろんな「したいこと」を書いている。

雄一の「死ぬまでに一度してみたいこと」は、「養毛剤を一度たっぷり、頭頂周辺だけでなく頭全域に思う存分、心ゆくまで、額にたれてくるほど振りかけてみたい」だ。

頭頂周辺を指先で丹念にマッサージしたあと、クシで丁寧になでつけ、ネクタイをしめ直し、上着をはおって玄関に行き、赤くて長いプラスチックの靴ベラで黒い革靴をはき、玄関のドアをギイとあけた。

うしろで妻の立ちあがる気配がした。

（『ずいぶんなおねだり』二〇〇〇年）

# 許さん！ 爺さん奮戦記

人間トシをとってくると短気になる。

気が短くなって怒りっぽくなる。

ささいなことにすぐ腹を立てる。

なぜそうなるのだろう。

トシをとるにつれ人間が丸くなり、穏やかになり、何事も許すという方向に向かう人もいることはいる。

わたくしとしても、そうなったら毎日がどんなにかラクになるだろう、とは思うのだが、実際は逆の方向に向かっている。

ほんとうにもう、毎日腹の立つことばかりなのだ。

トシをとるにつれて気が短くなるのは、人生の先行きが残り少なくなっていることを自覚しているため、何事にも悠長なことは言っていられないからだ。

何事にもすばやく結論を出したい。

その結果短期決戦主義になる。

その短期決戦で出す結論は怒りに結びつくことが多い。

ここのところが不思議でならない。

短期決戦で出す結論が喜びに結びつくことだってあるはずなのだがそうはならない。

すぐ怒っちゃう。

毎日毎日怒っているわけだから、怒りの量は溜るばかりだ。

だがそのはけ口がない。

そのはけ口を求めてヘンな方向に走る人たちが昨今増えつつある。

増えてヘンな事件を起こしたりしている。

「ゴミ屋敷爺さん」とか「騒音おばば」「うんこ煮詰めおじさん」のたぐいは、みんなそのはけ口を求めた結果なのだ。

その昔、ボブ・バトルという人の漫画に「意地悪爺さん」というのがあった。

長谷川町子の作品にも「いじわるばあさん」というのがあった。

いずれの本も世の中に対して意地悪をしてまわる爺さん婆さんが描かれている。

人間トシをとってくると、めまぐるしく変化していく世の中の動きに少しずつ付いていけなくなる。付いていけない自分が苛だたしい。

一方、付いていけなくした世の中が恨めしい。付いていけなくした世の中に腹いせをしたい。

その思いを、嫌がらせや意地悪で果たそうとするのだ。

わたしなんか、うんこを一生懸命煮詰めているおじさんの気持ち、ようくわかりますね。

布団をハゲシク叩きながら絶叫しているおばさんの気持ちもよくわかる。

ひたすらゴミを集めてきて屋敷内に溜めこんでいるおじいさんの暗い情熱も高く評価したい。

よく言われることだが、「定年を前にしたら何か趣味を持て」が世間一般の決まり文句だ。

だが大多数の人はその趣味がなかなか見つからずに苦しんでいる。

退屈な毎日を、悩みながらおくっている。

もちろん、趣味はちゃんと見つかっているのだが、その趣味は大変お金がかかるという理由で諦めている人も中にはいる。

お金がかからず、ほどほどに楽しい趣味さえ見つかれば、たちまち退屈から解放されて楽しい毎日をおくることができるのだ。

先述の「ゴミのヒト」「布団叩きのヒト」「うんこのヒト」の三人は、早々に老後の趣味を見つけた人たちである。

いずれもお金がかからず、ほどほどにどころか毎日が楽しくてならない。

布団叩きのおばさんの、布団を叩いているときのあの表情、生き生きと喜びに満ちてましたもんね。

「この趣味に生きる!!」という表情に満ち満ちてましたもんね。

趣味に沈潜すればするほど、世の中への腹いせ、嫌がらせ、意地悪の度合いも深まっていくわけだから、これ以上の人生の喜びはないのではないか。

〝老後をボランティアで生きる〟

というのも一つの生き方であるが、

〝老後を意地悪で生きる〟

というのも一つの生き方であることがわかった。

問題は、症状が更に進んだ人たちである。

意地悪なんかでは気が済まぬ、そんなものでは手ぬるいという爺さんたちである。

直接わが敵を征伐したい、わが手で鉄槌を下したい、というもう一段階症状の進んだ過激な、一群の爺さんたちである。敵というのは自分が気に入らない人間のことである。こういう過激な老人にとって、わが敵は身近にいくらでもいる。

断っておくが、わたくしもこの〝過激派〟に属する人間である。

わが敵のまず第一は、例の車内化粧女である。とにもかくにも、あのバカ女に鉄槌を下したい。

車内でバカ丸出しのバカ面で化粧をしているバカ女の前につかつかと歩み寄り、まつ毛カーラーを操っているバカ女の右手を物も言わずにむんずと摑み、一本背負いで、ずん、でん、どう、と、床に叩きつける。

散乱する化粧道具、割れて飛び散る化粧鏡、悲鳴をあげるバカ女、立ち騒ぐ乗客たち、それらを尻目にチャッチャッと手ばたきをして悠然と立ち去る。

ぜひやってみたい。

いますぐやってみたい。

しかし誰にもわかることだが、実行するとなると様々な問題が発生する。

バカ女としては、別に社会正義に反することをしていたわけではないから、当然損害賠償を請求される。

暴行罪に問われる。

これらは事件後の問題であるが、現場的に考えても様々な場合が予想される。

そのバカ女がデブ女で、むんずと腕を掴んで背負ったものの、その重さに耐えきれずにヨロヨロとなってデブ女の下敷きになる場合。

そのバカ女が投げられたあと、すばやくケータイで仲間を呼び寄せ、次の停車駅で茶パツや耳ピアスのニイチャンたちが待ち構えている場合。

つまり、叶わぬ夢なのである。

化粧女を投げとばしたいという情熱は、化粧女を見るたびにハゲシク燃え盛り、カラダがブルブル震えるほどなのだが、実際にはどうすることもできないのだ。

何とかならないものか。

カラダがブルブル震えるほどの情熱が、この不可能を可能にしたのである。一つのすばらしいアイデアを、わたくしの頭に浮かばせたのである。

東京都では、年齢が七十歳になると、交通機関の無料パスが支給される。これがヒントになった。

七十歳になると、無法に対する「無断怒鳴りつけ権」が得られるというのはどうか。

爺さんにとっては、車内化粧は明らかに無法である。

電車の中で、無法がまかり通っているのだ。その無法を、街の保安官として、相手に何の断りもなく、堂々と注意する権利が得られる。

先述の、ずん、でん、どう、は、書いていてちょっと過激すぎるかな、と思ってはいたので、〝怒鳴りつける〟という穏便な方法に改めたい。

行動のほうを穏便にする代わりに、言葉のほうはどんなに過激でもかまわないことにしたい。

電車内で化粧をしているバカ女を発見したら、つかつかと歩み寄ってその前に立ち、思いっきり大きな声で、

「この、バカ女ッ」と叫んでいい。

もちろん、その場合バカ女が反撃してくることが予想される。

バカ女が反撃しようとして、ふと、その爺さんの首の下のところを見ると、そこに、「無断怒鳴りつけ権章」というものがぶら下がっているのに気がつく。

これは保安官バッジと同じ星型をしていて、

「此ノ老人ノ発言ニ対スル一切ノ反抗ヲ禁ズ」

という文字が都知事名と共に刻みこまれてある。

　形は保安官バッジでなく、水戸黄門の印籠スタイルというのでもいい。

　車内化粧女の前に「無断怒鳴りつけ印籠」をサッと突き出し、

「頭が高い！　鼻が低い！　顔がまずい！」

　と大声で叫んで化粧をやめさせる。

　これで車内化粧女は世の中からアッというまに消えていく。

　消えてしまうと、無法許さん爺さんの目標がなくなってしまう。

　爺さんは次の目標を探さなければならない。

　次の目標は「眉剃り男」だ。

　最近やたらに増えている眉毛を細く剃ってる若い男たち。あれ、もう、ほんとに頼むからやめてほしい。あれを見ると、もう、無性に腹が立って腹が立って居ても立ってもいられなくなる。街の中で見ても、電車の中で見ても、テレビの画面で見ても、いちいち眉剃り男に駆け寄って、そいつの眉を指さしつつ、

「剃るなーッ」

　と叫びたくなる。

　眉剃り男は若い男に多い。高校生に多い。特に地方の高校生に多い。

　地方の高校生で眉を剃ってないのはいないのではないか。

ことしの夏の甲子園大会でも、画面を見ると選手の十人中十人が眉を細く剃っている。

だから、画面のそういう眉剃り男の一人一人を指して、一人一人に、

「剃るなーッ」

と叫ぶのに忙しく、試合の経過のほうはさっぱり頭に入らなかった。

ハンカチ王子だって怪しい。

あれだって、目立たないように少しだけ剃っているような気がする。

一番最初に、〝男なのに眉を剃って世の中に現れた〟のは、長野での冬季オリンピックのジャンプ競技に参加した船木和喜選手である。

船木選手の眉を見て、みんなが、

「アレ?」と思った。

「いいの? 剃って」と思った。

思っているうちに、だんだん「いい」ことになっていった。

いいことになったことに便乗したのが氷川きよしである。

氷川きよしで男の眉剃りは定着した。

思えば船木のときに、爺さん一同が団結してその芽を摘んでおけばよかったのだ。

男はどんな男でも、眉を剃ったとたんバカ丸出しになる。

「オレ、バカです」と世の中に公表しているようなものだ。

ニッポン男児は眉に手をつけてはいけないのだ。

もし西郷隆盛が眉を細く剃っていたら、ニッポンはどういうことになっていたか。

三船敏郎が眉を細く剃っていたら、世界におけるニッポン映画の評価はどうなっていたか。

男は眉を剃るな、と断言しておいて、ここでふと不安になる。

なぜ男は眉を剃ってはいけないのか、と反論されたらどう答えたらいいのか。

いろいろ考えたのだが、どうしても整然とした論理的根拠を構築できない。

ただ、われわれ爺さんの、精神的、思想的な支柱となるべき人物がいることはいる。

内田百閒爺さんである。

百閒爺さんは、芸術院会員に推挙されたとき、それを断った。

断る理由をしつこく訊かれた爺さんはこう言ったのだ。

「イヤだからイヤだ」

どうです、これこそ爺さんの論理的根拠の根幹であり、枢軸であり、かつ、この理論はどんな物事にも応用できるのだ。

「イヤだからイヤだ」

この理論を打ち破る理論はない。

「イヤだからイヤだ」の対象はまだある。

ヘソ出し女である。

ここ数年、ヘソ出し女は増加の一途をたどっている。

おととしより去年、去年よりことしと、ヘソ出し女はこの夏一挙に増えた。

駅のホーム、電車の中、街の中、いたるところで女がヘソを出している。

電車の中ですわっていてふと前を見ると、目の前三十センチのところに生々しい女のヘソがある。

他人のヘソ、特に若い女のヘソをこんなに間近に見ることはまずない。

どうしてもそこへ目が行く。

このヘソは、その女によって明らかに開示され、提示されているのだから、当然見てもよいものなのだ。

提示とは〔提出して示すこと〕であるから、そのヘソはその女性によって提出されたものなのである。

しかし、ヘソというものは過去の遺跡である。すでに終了したもの、閉鎖したものである。

人類は、ヘソから学ぶべきものはもはや何もないのだ。

ことしの夏はヘソ出し女の増加で、ずいぶんたくさんのヘソを見た。その結果得られた結論は〝ヘソは醜い〟というものであった。

凹んでいて、それほど深いわけではないがその奥は暗く、シジミのようなものをひそませている場合が多いようだ。

ヘソ出し女は自分のヘソを提示しているくせに、じっと見たりすると睨む。

見てはいけないものはしまっておく、というのが人間の社会的慣行である。

その見てはいけないものを人前にわざわざ提示しておきながら見るなという。

明らかにバカ女である。

こういうバカ女が睨んだら、スックと立ちあがって懐から恭しく東京都発行の印籠を取り出して突きつけ、

「このバカ女ッ」

と大喝一声することが、これから先出来るようになるのだ。

天下の諸爺よ、期して待つべし。

と、ここまでは話はとんとん拍子にきた。

ヘソ出しバカ女を、「このバカ女ッ」と大喝するところまでは順調だった。

だが、ここから先の話となると、わたくしは急に自信がなくなる。

もしかしたら、とりかえしのつかないことをしでかしていることになるのかもしれないという思いもする。

ヘソ出し女、すなわち腹部開示女は、物理的必然、ズボン的必然によって腹部の背面も当然開示されることになる。

腹部開示女は必然的に尻部開示女になる。

最近はズボンの下げかげんもかなり過激になっていて、かなりきわどいところまで下げているものもいる。

お尻の割れ目の割れ始まりのところまで下げているものもいる。

とても言いづらいことなのだが、わたくしはこちら側にはあまり反感を持っていない。

というか、かなりの好意を持っているといってもいい。

学ぶべきものも、こちら側にはたくさんあるような気がする。

こちら側はもちろん過去の遺跡ではないし、終了したものでもないし、閉鎖されたものでもない。

むしろ、新たな生産につながる道筋を示す一本の線が、そこに始まっているとも考えられるのである。

つまりこういうことになる。

同一女の前面は明らかにバカ女であるが、背面はおりこうさん女である。

この矛盾を解決するのは容易なことではない。

スックと立ちあがって「この、バカ女ッ」と大喝したあと、

「うしろは別だからね」

と言うことになるのか。

こういうおりこうさん女が、コンビニの前とか、駅のホームなどでしゃがみこむことがある。そうするとまたしても物理的必然によって、ズボンのラインは更に下がることになる。

お尻の割れ始まりを通りこし、割れ盛(ざか)りのあたりまで下がっているのをときどき見かける。

こういう場合は、どう対応すべきなのか。

つかつかと近寄って行って、印籠を突きつけ、

「この、おりこうさん女ッ」

と大喝することになるのだろうか。


（『そうだ、ローカル線、ソースカツ丼』二〇一一年）

# 「健康」フリーク

わたくしはいま何をしているかというと、ゴム風船をふくらましているところであります。

ゴム風船は緑色で、エート、タテの長さ十二センチ、ヨコ幅がですね、エート六センチという、ごくふつうの、ありふれたオモチャのゴム風船であります。

これを、頬をふくらませてプーと吹く。

ひと呼吸おいてまたプーと吹く。

三回ほどプーと、息を吹きこむと、ゴム風船はちょうど人間の頭ほどの大きさになる。

これ以上吹きこむと風船が破れるからこれで止めて、吹きこんだ息をブシューと抜く。

抜いてひと休みして、また、プーと息を吹きこむ。

吹きこんで、人間の頭の大きさにする。

そうしたら、またブシューと息を抜く。

というようなことを、計十回ほどやって、ハァーなんてため息をつき、いま、ようやくこの行為を終了させたところであります。

なぜこんなことをしているのか。

中年をとっくに過ぎた大の男が、いいトシこいてなぜ緑色の風船をふくらませたり、しぼませたりしているのか。

そもそも、このゴム風船をどこで手に入れたのか。

この緑色のゴム風船は、雑誌の付録で手に入れたのであります。

いまどき「雑誌の付録にゴム風船？」といぶかしがる人もいると思う。

「そうか。幼児雑誌かなんかの付録か」

と思う人もいると思う。

ところがさにあらず、このゴム風船は大人の雑誌の付録なのであります。

「ああ、そうか。あっちのほうの、そっちのあっちのあのほうの雑誌か」

と早合点する人もいると思う。

ところがそうではなくて、この緑色のゴム風船は、どちらかというと医学方面の雑誌、長嶋さんに言わせれば、

「さあ、どうでしょうか。いわゆるヘルシイのマガジンですか……」

と言うにちがいない、いわゆる健康雑誌の付録として綴じこんであったものなのであります。

特に何を買おうという気はなくて、フラリと本屋に入ることってありますよね。

本屋に入って、何気なく雑誌の平台などを眺めているうちに、フト、健康関係の雑誌が目に入る。

「壮快」とか「安心」とか「わたしの健康」とか、そういったたぐいの雑誌……。

そういったたぐいの雑誌の表紙には、

「ドクダミで手足のしびれが治った」

とか、

「スギナ茶で耳なり目まい不眠が治った」

「根昆布で悩み続けた夜間頻尿が治った」

などの「治った」関係の記事の見出しが大きく出ている。

そういう見出しに心をひかれ、「ホー!」と感心してその中の一冊を取りあげる。

パラパラとめくって、「フム」とうなずく。

この、「ホー」から「フム」に至る時間が短ければ短いほど、その人の中年指数は高いと言われている。

これが世に名高い「ホーフムの法則」で、中年指数を計る尺度として世間一般に広く用いられているものなのだ。

人間も若いうちは、「フト」もなにも、健康雑誌など視野の中に入ってくるはずがない。

ドクダミだの、スギナ茶だの、根昆布だの、朝鮮人参だのの、おどろおどろした文字に関心を持つわけがない。

そういうたぐいの健康雑誌ではなく、むしろ、「脱いだ」とか「見えた」とかの、体の一部の、部分的健康雑誌に関心が向かうほうがむしろ健康なのである。

ところがどういうわけか、人間も折り返し点を過ぎたあたりから、ドクダミ、スギナ茶、根昆布といった言葉に妙に懐しさを覚えるようになる。

クロレラとか深海鮫エキスとか八味丸とかローヤルゼリーとか、そういった言葉に心が躍るようになる。

シジミエキス、卵油、柿茶、アロエ、クマザサ抽出液、霊芝、おたね人参、クコ、スッポン黒焼き、赤マムシ粉末、といった字づらを見ただけでなんだか嬉しくなってくる。

耳鳴り、しびれ、めまい、といった言葉も、身近で心やすいものとなる。

かすみ目、ぜんそく、腰痛、頻尿、などの文字も、なんだか心楽しく目に映る。

血糖値、コレステロール、GOT、結石、尿酸値などの文字は、これはもう日常茶飯の会話そのものだ。

「バカ、ケチ、マヌケは酢を飲まない」

と言われれば、深く深く首肯して、これまで酢を飲まなかった自分を深く深く反省する。


このように、健康雑誌には、表紙からすでに、自分が待ち望んでいた文字、心が躍る文字、心楽しい文字ばかりが並んでいるのである。

わたくしなんかは、「本屋に入って、フト、健康雑誌が目に入る」どころではなく、「本屋に入ったら健康雑誌に直行する」クチだ。

さらに本当のことを言えば、新聞に、健康雑誌の広告が載ったときから、ワクワクして本屋に直行し、健康雑誌に直行するクチなのである。

「なんと風船を吹いてらくらくやせた《風船ダイエット》実例12」

とじ込み付録・「風船ダイエット用の風船」付き

これが健康雑誌「安心」の本年五月号の表紙のトップを飾っている。

「なんと」が、なんともよかった。

「らくらく」にも大いに心がひかれた。

「とじ込み付録」で心が決まった。

風船がタダでもらえる。

こうした健康雑誌の記事の最大のウリは「体験談」にある。

この「風船ダイエット」は、「実例12」とあるように、十二人の人が、風船を吹いただけで、なんと、二か月で三キロ痩せた、とか、なんと、三か月で九キロ痩せたうえに、なんと、肩こりまで解消した、といったような体験談を寄せている。

こうした体験談は、タイトルが長いところに特長がある。

長いタイトルの長所は、タイトルにその内容のすべてが網羅されている点にある。

「たかがタイトル」と思って、なめてかかって読み始めると、これがダラダラと続いてなかなか終らない。

途中でやめるわけにもいかず、仕方なく読み進んでいくと、結局、その内容のすべてがわかってしまう仕掛けになっている。

忙しい人にはうってつけの心配りということができる。

まことに現代向きの方法ともいえる。

最近は新聞のテレビ欄などでも、この方式をとり入れているようだ。

「長七郎天下御免・月夜に十手が輝いた」

というのから、つい最近のテレビ欄では、
土曜ワイド劇場「殺人行越前海岸の女・責任能力なき犯罪」

というのがあって、タイトルに解説まで加えてしまっているのさえある。

ワイド劇場「経理課峯松係長の犯罪・事故か殺人か？　社内連続変死事件のカギを握る経理課長の謎」

なんてのは、まさに途中でやめるわけにはいかないので、仕方なく最後まで読んでしまう典型である。

タイトルだか内容だか、見分けがつかないうちに、なんとなく全部読ませてしまおうという作戦なのかもしれない。

「安心」のこの号には、風船ダイエットのほかに、「耳たぶあんま」の特集もあり、こっちのほうは十五例の体験談が寄せられている。

総タイトルは、

「耳鳴り、めまい、不眠が治った、老眼、ぜんそくにも効く《耳たぶあんま》」

とあり、総タイトルからしてかなり長い。

耳鳴り、めまい、老眼、ぜんそくといった、健康雑誌フリークには、字づらを見ただけでゾクゾクするような好ましい文字がつらなっている。

体験談のほうは、

「耳たぶあんまを始めたら一か月に一回はひいていたカゼの回数が激減して大喜び」

というものや、

「耳たぶあんまを脳梗塞の患者さんにやってあげて効果をあげている准看護婦の私」

といったような、なんだか実話雑誌の投稿原稿ふうのタイトルもある。

毎月のことだが、新しい号が出て購入したとたん、身近はにわかに忙しいことになる。

この号には、この二つの特集のほかに、

「ブロッコリーはガン、胃潰瘍、糖尿病に効く薬用野菜だ」

というのと、

「中性脂肪が減少、血圧、血糖値も下がったとスギナのすごい威力に読者感激」

「水虫、ニキビが治った、飛蚊症、白内障も改善した《ニンジン一本療法》」

このほか、

「ゼラチン健美術」

「足の裏にボタンをはるだけの《ボタン療法》」

などがある。

それぞれに読者の体験談が載っていて、実際にそれぞれの療法で成功した話を読むと、どうしてもすぐさま、それを試してみたくなる。そうせずにはいられなくなる。また、いずれの療法も、試そうと思えばすぐにも試せる簡単なものばかりなのである。

ここのところが、こういう雑誌の戦術であるようだ。

一冊読み終えて、備えつけの風船で、とりあえず風船ダイエットをやってみる。

これは、風船をふくらます行為を一回に十回ずつ行い、一日三回、合計三十回行うのを標準とする。

そうすると、なんと、「風船を吹くだけで毎月一キロずつ減量でき十一号だった服がいまでは九号も着れる私」になれるのだ。

「風船」が終るとただちに「ニンジン一本療法」に移る。

とりあえずニンジンを買ってくる。

これをおろし金でおろし、フキンで漉す。

これを飲み終えると「耳たぶ」にとりかかる。

これは耳鳴り、めまい、不眠、ダイエット、偏頭痛、カゼ、胃もたれなどに効くという。

耳たぶを揉んだり、引っぱったり、押したりで、けっこう時間がかかる。

「耳たぶ」が終ると、次は「ゼラチン」だ。

これは若返り、肝臓、骨粗鬆症に有効だというから、肝臓がよくないわたくしは特に熱が入る。

ゼラチンの粉末を買ってきてこれに牛乳などを入れて煮溶かし、冷蔵庫に入れてかためてゼリーにして食べる。

そのあと「ブロッコリー」を食べ、「ボタン療法」のボタンを足の裏にバンドエイドで貼りつける。

これは強精にも有効だというから、特に念入りに取り組む。

次が「スギナ」だ。

野原へ行ってスギナを採ってきて、これを乾燥させ、土びんに入れて煎じなければならない。

大変なテマとヒマだ。

ところが、よくしたもので、この雑誌にはスギナの粉末や、お茶として製品化されたものの広告が載っている。

これがこうした雑誌のよいところだ。

特集があれば、その特集に応じた健康食品、薬、器具、用品の広告が必ずどこかに載っていて、読者にテマ、ヒマをかけさせないような親切な配慮がなされている。

しかも、その広告は、その特集のすぐあとには載っていない。

が、さがせば必ずどこかに載っている。

このあたりに雑誌側の、読者にヘンな疑心を生じさせない、思いやりのある心あたたかい気配りが感じられるのである。

と、このように、新しい号が出るたびに、特集をひとつひとつ試してみることになって身近が忙しくなる。

これらをひととおりこなすと、それだけでまあ半日はつぶれる。

仕事どころではなくなる。

健康法にかかりっきりで仕事にならない。

一冊で半日だから、二冊買ってくると丸一日つぶれることになる。

実際、この「安心」といっしょに出た「壮快」のほうには、「ドクダミ」「リンゴ」「ホウレン草」「米ぬか」「おじぎ深呼吸」などの五つの健康法が紹介されている。

「安心」で午前中いっぱい、「壮快」で午後から夕方まで、ということになって、健康法で日が暮れることになる。

恐しいことに、健康法の雑誌はもう一冊ある。

「わたしの健康」には、「ゴマ汁」「塩シャンプー」「布海苔」「左手だけの指そらし」「蚕のふん」「杜仲茶」など六つの健康法が載っている。

次から次に一つずつこなし、毎日毎日繰り返し、定着させ、やれやれ、と思ったのもつかの間、翌月になると、また大量の健康法がドドッと紹介されるのである。

かつては「尿のみ健康法」というのがあった。

これは今ではすっかり定着したらしく、「友の会」もできて、定期的に会報も発行しているという。

さすがのわたくしも、「尿のみ」だけは食指が動かない。

これが流行りだしたころ、テレビで、大ジョッキ一杯の尿を、夫婦そろってグーッと飲み干すシーンを見て、神も仏もないものか、と、机をたたいて嘆息したものだった。

こうした膨大な各種健康法のあいまあいまに、持病の薬も飲まなければならない。

わたくしの例をとれば、まず痛風、これは三十代からの宿痾であります。

痛風は尿酸の排出異常が原因なので、午前中に尿酸抑制剤ザイロリックを一錠飲み、午後は尿酸排泄剤アンツーランを一錠飲む。

また、痛風患者は結石ができやすいので、その防止のために重曹製剤を二錠、これは一日三回飲む。

また、肝機能が低下している（GOT＝85、GPT＝70）ので（何のことかわからない人はそれでいいからね）、小柴胡湯を一袋一日三回飲む。その他に、よくわからないが、肝臓に効くといわれる錠剤を二錠ずつ一日三回飲む。

以上が、医者から義務づけられた、公務というか、そういった性質の業務で、その他、

自分で考えた私用の薬も飲む。

ずうっと昔から飲んでいて、いまとなってはどういう理由で飲んでいるのかわからないが飲み続けているクロレラ。

これを午前中二十錠、午後二十錠飲む。

健康雑誌の広告で、映画監督の篠田正浩氏が推奨していたので飲み始めた「肝元」。

これは「良質の蛋白なので酒飲みの人の肝臓にいい」というふれこみだ。

それから「ハイチオールC」。

これは、その昔、川上宗薫氏が「これを飲んでいると肝臓の調子がいい」と何かに書いていたので飲み始め、こんにちに至っている。

アリナミンも、ときどき忘れるが飲んでいる。

サモンゴールドもまたしかり。

漢方の方面の本を読んでいたら、「越婢加朮湯」というのが出ていて、「体内の水まわりがよくない人によい」ということなので、これも一日三回飲んでいる。
長年、自分の体を観察していて、どうやら自分の体は、「水はけがよくないらしい」
ということに気がついたからだ。
しかしこれとて、素人の見立てであるから、本当に効いているのかどうかわからない。
大体において、健康食品とか薬は好きなほうなので、これまでずいぶんいろんなもの
を試してきた。
大高酵素というものも飲んだ。
これはドロドロの液体で、強烈に甘ずっぱく、飲みづらいので自然に飲まなくなった。
この大高酵素は何に効くかというと、体にとてもいい、というものだった。
クマザサ抽出液もしばらく飲んだ。
これも青くさくて飲みづらいので、やがて飲まなくなったが、これも、体にとてもい
い、というものだった。
根昆布水は、面倒なので二日でやめた。
「ビフィズス30億」というのも飲んだ。
これは「凍結乾燥ビフィズス末」で、アルミパックに入っていて、やや甘い味がする。
一グラム入り一パックの中に生きたビフィズス菌が30億以上含まれているという。
これは何に効くというより、30億という数字に魅了された。何よりも頼もしい感じが

した。一日30億。二日で60億。三日で90億。

どんどん財産が増えていくような気がした。

そうしたら、しばらくたって、他の会社が「ビフィズス100億」というのを売り始めた。

これをしばらく飲んでいたが、何だか数字がこわくなって飲むのをやめた。

こうして、様々な健康食品を食べてはやめ、やめてはまた別のものを飲むということを繰り返してきた。

もし、この途中で「やめる」ということをしなかったら、と、いま考えると恐しくなる。

いままで飲んでいたものを、やめずにいまも全部飲み続けているとしたら……。

一日中、時間と首っぴきで、山のような薬と健康食品を飲む生活になっていたはずだ。


（『ニッポン清貧旅行』一九九七年）

# スポーツの持つ病い

いよいよ秋、秋本番。

秋といえばスポーツ。

ま、夏だって冬だって、それぞれにスポーツはあるが、なんといってもスポーツの本場所は秋。夏や冬は、せいぜい名古屋場所や九州場所だ。なにしろ秋には「体育の日」がある。文部省が（厚生省かナ）「秋が本場所」と認定したのである。

それにしても「体育の日」はひどいな。

これではどうしても学校の体育の時間を思い出してしまう。楽しくもなんともない。

「スポーツの日」。このほうがよかったのではないか。

ま、それはそれとして、スポーツというと、だれしも健全、明朗、爽快（そうかい）、正義、といった「いいほう」ばかりに目を向けるが果たしてそうであろうか。

スポーツの「光」の部分にばかり目を向け過ぎてはいないだろうか。

スポーツは果たして健全であろうか。スポーツには病いもあれば不正もあるのだ。

競技に先立って、選手代表は、

「我々選手一同は、スポーツマン精神にのっとり、正々堂々と戦うことを誓います」

と宣誓するが、果たして「正々堂々」であろうか。

物事には、すべて「光」の部分もあれば「影」の部分もある。

今回は、こうしたスポーツの持つ「影」の部分に「光」を当ててみようと思う。（なんだかヘンだな）

ラグビー

ラグビーは「お持ち帰りの思想」で成り立っているスポーツである。

ボールという獲物を手に入れた選手は、一刻も早くゴールという我が家に持ち帰ろうとする。（表向きは敵陣ということになっているが）

だれだって獲物を手に入れたら、一刻も早く家族のもとに持って帰りたい、持って帰って家族と共に喜びたい、とそう思うものである。

それが人情というものだ。

その周辺にいる人々も、

（そうか、彼は獲物を手に入れたか。よかった、よかった。家族もきっと喜ぶだろう）

と祝福してあげるのが健全な考え方ではないだろうか。

ボーナスを手にして家路を急ぐ人を見て、微笑ましく思うのが人の心というものだ。ところがラグビーは、せっかくその人が手に入れた獲物を、横取りしようとするスポーツなのだ。略奪して逃げようとするスポーツなのだ。

これらは明らかに辻強盗、あるいはノックアウト強盗と同じたぐいの行為である。本来ならば犯罪行為として法律によって罰せられなければならない行為である。

社会常識からいえば、競技はただちに中断、警官が出動してその選手を逮捕、留置、テレビの報道班、「2時のワイドショー」「3時のあなた」のレポーターなども出動し、翌日の新聞には「なぜこうした事件が起こったか」の特集が組まれ、「事件の背後にある世相」について赤塚行雄サンなどが一言申し述べなければならない事態になるはずなのだ。

なのに観衆は、妨害、略奪、逃走をはかる犯人に大歓声を送ったりしている。

一般道徳に照らし合わせて考えれば、明らかにおかしいといわざるをえない。

妨害、略奪、逃走をはかる犯人に、今度は別の犯人が飛びかかってその強奪を試みる。そこへ更に大勢が飛びかかって折り重なり、悲鳴、絶叫、阿鼻叫喚、哀れ善良な獲物運搬人は人々の下敷きになって獲物を奪われる。

弱肉強食、スキあらば襲い奪え、まさにコヨーテ、ハイエナ、犬畜生の行為といわねばなるまい。一種の地獄図といってもよい。

法律なき暗黒の時代を思って人々は暗澹として首うなだれる、そういう事態のはずなのだ。

なのに人々は、これらを黙認するばかりか拍手さえ送ったりするのだ。

博愛、いたわり、慈悲、弱者への思いやり、人間にとって最も大切なものが、ここでは一切認められないのだ。

まさに野蛮きわまりないスポーツといわざるを得ない。

### バレーボール

ラクビーが「お持ち帰りの思想」であるのに対して、バレーボールは「排除の思想」で貫かれている。

バレーボールは、日本語訳では排球という。これは排除の排である。

なぜ「排除」するかというと「迷惑」だからである。

自分の陣営に飛んでくるボールは「迷惑」なのである。

「要らない」といっているのである。

要らない、といって相手に送り返し、一同ヤレヤレと安心していると、また送り返してくる。

そこでやむなく、みんなで様々な苦労をして相手に送り返すと、また飛んでくる。打ち返しても打ち返しても、また飛んでくる。

大抵の人は、このへんで怒りだすものなのだが、この競技の人々は全員大人しく、忍耐強い人ばかりとみえ、受け取り拒否ごっこを黙々と継続するのである。

ボールの立場にもなってみなさい。

あっちへ行って受け取り拒否され、こっちへ行っては拒否され身の置きどころがないではないか。

かわいそうだと思わないのか。

そうして万やむをえず相手が受け取ってしまうと、

「受け取った、受け取った」

といって喜んでいるのである。

要らないといってる物を強引に受け取らせて喜んでいるのだ。

このスポーツには、根本的に病んだ思想が胚胎（はいたい）しているのだ。

常識からいえば、

「そうですか、要らないんですか。ならばウチに置いときましょう」

と、こうなるはずだ。

しかも、相手が最も受け取りにくいかたちで受け取らせようとする。強烈なサーブで、

相手が受け取り拒否できないような方法で強引に受け取らせてしまう。

こういうところは陰険、卑劣、病的といわざるをえない。

ラグビーなどは、この点だけは非常に健全である。

飛んできたボールを、大喜びで受け取ってくれる。受け取って大事に抱えて持ち帰ってくれる。送り手として、こんなに嬉しいことはない。「要らない」といって送り返したものを、何回も何回も送り返してくれれば、いくら我慢強い人たちでも、次第に相手に対して憎しみのようなものが湧いてくるものである。

バレーボールは、相手が複数だから憎しみの対象は分散される。

同じネットを挟んでする競技、テニス、卓球、バドミントンなどは相手がたった一人である。

（ダブルスもあるが）

一対一であるから憎しみの対象はたった一人に絞られてくる。

こうなると、この競技の持つ「病気性」はますます肥大してくる。

「要らん」

といって送り返したものを、向こうも、

「要らん」

といって送り返してくる。

「要らんといってるのがわからんのかッ」

と相手に対する憎しみはますます湧きあがってくる。

これを繰り返すうちに次第にヒステリー状態になっていくのも当然のことである。

マッケンローなどが、ときどきヒステリーを起こしてバッグを蹴（け）りつけたり、ラケットをたたきつけたりする気持ちもよくわかる。

ネットを挟んでする競技の最も特徴的なものは、相手がどうしても駆けつけられないところへわざとボールを打ち返すという点である。

これは卑怯ではないのか。

相手が最も受け取りやすいところへ打ち返してやるのが「正々堂々」であり「スポーツマン精神」であるはずだ。

この競技の根本にあるのは、意地悪でありいじめである。

意地悪やいじめは、スポーツ精神と最も遠いところにあると思うのだが……。

## 百メートル競技

百メートル競技はオリンピックの華である。

カール・ルイスの例をまつまでもなく、百メートル競技の覇者はオリンピック全体のチャンピオンである。

しかしよく考えてみると、このスポーツぐらい動作として単純なスポーツは他にないのではなかろうか。

他のスポーツは、走る、跳ぶ、蹴る、投げるなど、いろんな動作が組み合わさってできている。

ところが百メートル競技は、動作としては、右の足と左の足を互いちがいに前方にくり出していく、これだけである。

右足を出したら次に左足、その次は右足と、選手はこれだけを考えていればよい。

スポーツとして「頭を使う」という部分があまりに少な過ぎはしないだろうか。

その単純なところがいいのだ、という人もいるだろう。

しかしこれでは、せっかく高度化した人間の頭脳の使い道がないではないか。

ただすっ飛んで行けばいい、というのでは鳥や獣と変わらないではないか。いや鳥や獣は、獲物をとるという目的があるからまだいい。

百メートル競技には、結果としての目的もなにもありはしない。

とにかくすっ飛んで行けばいいのだ。

人間のスポーツとして、もう少しイロをつけるというか、頭脳プレイの余地が欲しいというか、そういう思いがするのだが……。

マラソンの駆け引きとか、バレーボールのフェイントとか、そういう余地が欲しい気がする。

例えば体操競技の鉄棒。

これはブルンブルンと体を勢いよく回転させてはいるが、着地の段階ではその余剰エネルギーは急激に沈静させてピタリと停止しなければならない。そこのところに高い評価を与えられている。

選手は、ブルンブルンをやっている間も、そののちの制御のことを考えているはずだ。百メートル競技にも、この考えを取り入れられないものだろうか。百メートルを走り抜けた瞬間、急制動をかけて一メートル以内で停止しなければならない、というのはどうだろうか。(一メートルじゃムリかな)まま、制動距離三メートルとか、そういうふうにすれば多少、頭脳も参加できるスポーツになるのではないか。

ただ走り抜ければよい、そのあと突んのめろうが、転ぼうが、引っくり返って頭を打って死のうが当局は一切関知しない、というのでは近代スポーツとはいえないような気がする。

シンクロナイズド・スイミング

最近脚光を浴び始めたスポーツに、シンクロナイズド・スイミングというものがある。

これはどう考えてもいかがわしいスポーツである。

スポーツといっていいかどうかさえ疑わしいスポーツである。

まず全員が化粧をしているところがいかがわしい。

しかもキャバレーのネエチャンたちみたいな厚化粧である。

アイライン、アイシャドー、眉(まゆ)、口紅、いずれも毒々しく塗りたくっている。

いったい厚化粧をしてするスポーツなんてあるのだろうか。

マラソンの増田明美が化粧して走るだろうか。

女子の体操競技などでは多少の化粧はするようだが決して厚化粧ではない。

それから競技中、ヘンな媚びを含んだような微笑を絶やさないところがいかがわしい。

媚びながらするスポーツがあるだろうか。

増田明美が、媚びながら走ったらどうなるか。スポーツは真剣にするものだ。

真剣であれば微笑の余地などないはずである。またその必要もない。

苦痛に顔をゆがめながら走る瀬古選手の姿は尊い。

瀬古選手が、

「ヤ、ドーモ、ドーモ」

などと、観衆に媚びながら走ったら気持ちわるいだけである。

全員が美人である、というところが最もいかがわしい。

会社の秘書募集ではないのだ。

不美人は、シンクロナイズド・スイミングをやっちゃいかんというのかッ。

不美人採用せず、というのでは、スポーツマン精神はどうなるッ。正々堂々はどうなるッ。たびたび名前を出して恐縮だが増田明美はどうなるッ。

それに名前が長すぎるッ。

シンクロナイズド・スイミングなどと、長ったらしい名前はスポーツマンシップにもとるッ。

シンクロナイズド・スイミングチームはただちに解散、キャバレー・ハリウッドに全員採用してもらいなさい。

## 綱引き

突然綱引きなどという牧歌的なスポーツを持ち出して申しわけないが、これもスポーツであることには変わりない。

会社の運動会などでは、綱引きはメーンエベントの一つに数えられている。

綱引きは団体競技である。

団体競技というものは、グループで助け合ってするものであるが、個々の選手の働き、貢献度などが見ている人にもよくわかる。

何某の活躍によって一点はいった、とか、この一点は何某の一瞬の判断によるところが大きい、とか、そういう点を観衆は感知できる。

ところが綱引きは、そこのところが一切わからない。

大勢の人が一本の綱に取りつき、号砲一発、ワイワイ騒いでいるうちに、いつのまにか勝負が決まる。

だれが大働きをしたのか、だれのせいで勝ったのか、まずもってわからない。

うんと大働きをしても、態度が地味な者はだれもその人のせいで勝ったとは思わない。

逆に、適当に手を抜いていても、態度がハデで、声が大きい者は目立つ。

見ている人は、あいつの働きで勝ったと思ってしまう。

だれとだれがサボったために負けたのか、そこのところさえわからない。

一所懸命やっているふりをすることもできるし、適当に手を抜くこともできる。

それでも競技は成り立つ。会社の運動会などで、綱引きが常にもてはやされるゆえんである。

## 総括

あらゆるスポーツの原点は「気晴らし」にあるといわれている。

スポーツをしたあと、人々は気分がスッキリし爽快感にひたることができる。

そしてそれがあすへの活力につながる、というのがスポーツ本来の姿である。

しかし卓球の試合のあと、人々は爽快感にひたれるだろうか。

相手に意地悪の限りをし尽したという自責、相手に意地悪の限りを尽されたという怨念、試合が終わったあと、これらが澱(おり)のように体の中に沈んでいるのではないだろうか。

これで気晴らしになるだろうか。

負けたほうは、試合が終わって家へ帰ってからも、相手の家に駆けつけて一発ぶんなぐってやろうかという暗い衝動に駆られるのではないだろうか。

また、あらゆるスポーツの特性として、「急いでいる」という点をあげることができる。

あらゆるスポーツは「急いでいる」のである。

特に陸上競技はこの特性が顕著である。陸上競技の選手は、全員先を急いでいる。

百メートル競技の選手は、特に先を急いでいる。形相凄まじく、歯をむき出して先を急ぐ。

しかし現代は「急ぐ」ということが見直されている時代である。

「そんなに急いでどこへ行く」

と、急ぐ人に反省をうながしている時代なのである。

「急ぐことに価値があるのだろうか」

と、みんなで考え直している時代なのだ。

歯をむき出し、息せききって百メートルを走り抜いた選手に、一言、

「そんなに急いでどこへ行く」

といってやろうではないか。

彼にはもう行くところがない。

（『東京ブチブチ日記』一九九〇年）

# 世の中はズルの壁でできている

わたくしはあるときフト気がついた。

この世の仕組みはすべてズルでできあがっていると。

大悟というのだろうか。

悟りというものは常に突然やってくるものだ。

悟りは常にひらめきと共にやってくる。

ブッダやモハメッドやニイチェやアインシュタインのひらめきも突然やってきた。

わたくしのひらめきも突然やってきた。

わたくしの「この世はすべてズル説」も、いずれ世界的な教養として認知されていくであろう。

この教義の根幹は、

「すべての人はズルをしたがっている」

政治家はズル顔の代表である。ズルをしたという証拠はないがその顔が証拠だ。「わたしはズル一本でここまできました」「わたしはズル以外したことありません」と顔に書いてある。

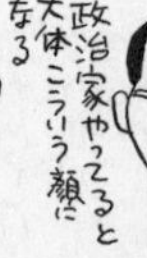

というものである。

わたくしの教養はこの一言で言い尽くされているのだが、あえてもう一項を加えるならば、

「ズルをしたがらない人はいない」

ということになろう。

そういうわけだから、われわれの周辺はズルに満ち満ちている。

われわれはズルの壁に囲まれて生活しているのだ。

人類のズルへの意欲は旺盛である。

放っておけば人類はことごとく、例外なくズルをする。

みんなズルをしたくてたまらないのだ。

人よりラクをして、人より多くの利益を得たい。

人が十の努力をして十の利益を得るならば、自分は五の努力で十の利益を得たい。

いや、三の努力で十五の利益を得たい。

ズルをすればこれは可能なのだ。

こうしたズルの横行を防止するために人類は法律を作った。協定を作った。

それゆえに、というか、だからこそ、法律や協定の周辺に多くのズルが発生する。

一つだけ例をあげよう。

行列の周辺に多くのズルが発生するのは誰もがよく知っていることだ。

行列は協定である。

行列に金銭はからんでこない。

一分でも、一秒でも先に現場に到着した者に優先権が発生する。

この単純な優先権をくつがえそうとするのがズルである。

深夜のタクシーの行列に酔ったふりをして割りこむズル。

行列の中に知っている人を見つけて話しかけて、なんとなくそこに居すわってしまうズル。

暴力団的なおどかしで行列の先頭に立つズル。

東京ドームなどでは、ダフ屋がホームレスの人たちを金銭で雇って行列に並ばせ、入場券を大量に獲得するというズルがあるが、これが行列ズルの最たるものだ。

このように、ズルには大ズルと小ズルがある。

その中間の中ズルというものもある。

大ズルと小ズルは簡単に見分けられるが、やっかいで一番問題なのが中ズルである。中ズルは簡単にズルだと見分けられない。一見、ズルには見えないのだが、何かヘンだ、どうもヘンだ、これには何かあるはずだ、というのが中ズルである。

この大ズル、中ズル、小ズルをこれから一つ一つ検証していくことになるのだが、その前にズルの定義をしておかなくてはならない。

広辞苑の定義は面白くも何ともないので、新明解のほうを紹介しておこう。

その新明解も、「ずる」のほうは面白くないので「ずるい」のほうだけ書くと、〈ずるい〉自分の利益のために、ごまかしてうまく立ち回る。知らない顔をして、すべきことをなまける。

ということになる。

「知らない顔をして……」のほうのズルはあまりに範囲が広い。

そして境界が非常に曖昧(あいまい)である。

なので今回は「自分の利益のために……」のほうを検証していくことにする。

わたくしの教養をよりよく知らしめるために、わたくしは〝ズルイの叫び〟という言葉をよく用いる。

〝ズルイの叫び〟の中にズルの本質のすべてが顕（あらわ）れているからである。
〝ズルイの叫び〟は次のように発せられる。
兄弟が二人、一本のアイスキャンデーを交互にかじっていこうという取り決めをする。
当然そこには、一回にかじり取る適量が策定される。
まず兄がかじり取って弟に渡す。
弟がかじり取って兄に返す。
かじり取る量が適量かどうか、相互監視の中でこれが繰り返される。
そのうち、弟がちょっとよそ見をしたスキに、兄が適量以上をかじり取る。
それを見てとった弟は叫ぶ。
「あっ、ズルイ!」
これが〝ズルイの叫び〟である。
われわれは毎日の日常生活の中で、いくたびこの〝ズルイの叫び〟を叫ぶことか。
いくたび〝ズルイの叫び〟を目撃することか。
まず日常の小ズルから検証していくことにしよう。
飲食店で食事のあとヨージをつかう。
ヨージ入れから一本取ってホジホジし、それを使い尽くしてもう一本取る。

お一人様二本、まあ三本、このあたりまでは店側としてはノープロブレムの本数ということになるだろう。

しかし帰りがけに五本、わしづかみにして持って帰るというのは明らかにズルである。

では三本ならばどうなのか。

三本ならば、ズルはズルでも小ズルということになるのか。

いずれにしても、食堂のヨージを持って帰るということ自体が小ズルであって、その中で三本とか五本とかを論じても意味はないような気もする。

カレーライスの〝ラッキョウ小ズル〟というのもズル界ではしばしば話題になる。

レストランなどでカレーライスをとると、薬味セットがいっしょに供せられる。

セットの中にはラッキョウ、福神漬け、紅生姜などが入っている。

福神漬けや紅生姜は個数がはっきりしないが、ラッキョウははっきりしている。

小さめのだと多くて八個、少なくて六個、このうち何個までが当然の権利で、何個からズルになるのか。

八個だった場合を考えると、五個で小ズル、六個で中ズル、八個食べ尽くすと大ズル、そういうことでどうだろうか。

行列ズルのところで書きもらしたが、もう一つ大物のズルがあった。

規模的にはドームズルほどではないが、かなりの利益を伴うズルの実例である。

スーパーなどの特売で「本日の目玉商品」というのがある。

「トイレットペーパー六個入りワンパック一〇〇円！　ただしお一人様ワンパック限り」というレジの行列に、幼児を二人つれ、背中に赤ん坊という女の人が五パック抱えて並んでいる。

お一人様という言葉をかなり広義に解釈しても合計四パックのはずだ。

一目瞭然のズルである。

レジの人がそのことを言うとその女の人はこう叫ぶ。

「駐車場に主人がいますッ」

こうなってくるとこのズル問題はむずかしいことになってくる。

これはズルなのか、ズルではないのか。

レジの人だけではとっさに判断がつかず〝店長と相談ズル〟に発展していく。

世の中には利益を伴わないズルもある。

そんなズルなんてあるのか、と思うかもしれないがちゃんとあるのだ。

飲み屋なんかでサラリーマン同士で飲んでいて、そのうちそれぞれの出身地が話題になることがある。

「おまえ、どこ?」

ということになって、その人の出身地が北海道で、それもほとんど無名の土地で、

「そんなとこあんのかよ」

などと言われ、

「人口どのくらい?」

ということになっていくと、本当は人口十万なのに、

「ンート、三十万くらいかな」

などと言ってしまうズル。

こういうズルは利益を伴わないのだが、ついそう言ってしまうのは、やはり人間の持つズルの本能のせいなのだろうか。

これに似たズルはもう一つあって、終電車に近い電車の中でこのズルは起こる。

「おまえ、これからどうやって帰るの？」

という話題になり、それぞれ、駅から終バスがまだ間に合う、とか、オレは歩いて、などということになって、

「駅から何分ぐらい？」

ということになると、本当は二十五分かかるのに、

「十五分てとこかな」

と言ってしまうズル。

これも利益が伴わないズルだと思うのだが、もしかしてどこかで利益が出てくるのだろうか。

ゴミの周辺でもなぜか多くのズルが発生する。

環境問題がうるさく言われるようになって、ゴミの分別は一人一人の重要な責務である。

わたくしはゴミの分別は厳正かつ細密に行っています、と言い切れる人は何人いるだろうか。

いいえ、わたくしは、たとえばガムを捨てるときは中身は燃えないゴミ、包装の紙は燃えるゴミに分別しています、という人はいるのだろうか。

要らなくなったエロ本の束を、自分のマンションの「雑誌を捨てるとこ」に捨てるの

は恥ずかしいので隣のマンションに捨てる、というズルをする青年もいる。

自動販売機で買ったコーヒーの空き缶を、放置自転車のカゴに放り込んだ経験のある人は多いはずだ。

朝放り込んで夕方通りかかると、待ってましたとばかりに放りこんだ人たちの空き缶でカゴが一杯になっていたという〝みんなで捨てればこわくないゴミズル〟は、街中ばかりでなくあちこちで見られる。

女性の化粧もズルである。

もしかしたら大ズルかもしれない。

もともと大したものではないものを、さも大したもののように仕立てあげて人様にお見せするというのは明らかにズルである。

もしかしたら犯罪かもしれない。

たとえば銅にメッキを施して金のように見せかけて人様に見せ、よし、それじゃ買おうという人が出てきて、それを売ることになったら犯罪である。

もともと大したものでないものに化粧を施して美人に仕立てあげ、よし、それじゃ嫁にもらおうという人が出てきて嫁にもらったらどうする気だ。

化粧前と化粧後は、ズル前とズル後ということになる。

電車の中で化粧中の女は、〝ズル決行中〟である。

だからみんな非難するのだ。

明らかにズル決行中の人間を、黙って見逃す手はないのだ。

寄せブラというのも大ズルだ。

せっかく、

「あ、大きいな。いいな」

と思った人の立場はどうなる。

女の人って、実は大きくなかった、残念だ、という立場の人のことなどまるで考えないような気がする。

整形というのも大ズルである。

整形となると、化粧のズルなんかかわいくみえてくる。

大体、女の人にはズルが多い。

本当は四十五歳なのに四十四歳です、なんて言ったりする。

本当は四十五キロなのに四十四キロです、なんて言ったりする。

ここまで書いてきたズルは、わかりやすいズルである。

誰が見てもひと目でズルだとわかるし、その場ではわからなくても時間がたてばわかってくるズルである。

ところが、世の中には説明のつかないズルもあるのだ。

どうもズルらしいのだが、はっきりズルだと指摘できないズル。

どうもあやしいのだが、じゃあどこがズルだかはっきり言ってみろ、と言われると言えないズル。

イケメンというのもどうもあやしい。

どうもあれはズルのような気がする。

どこかでズルをやっているはずだ。

だってあれは、努力に努力を重ねてイケメンになったわけではないでしょう。

何の努力もしないで女にモテる。

これはもう明らかにズルだ。

だけどイケメンの人に、オレのどこがズルだ、言ってみろ、と言われると何にも言えない。

だけどやっぱりズルだと思うな。

世の中は面白いもので、イケメンにズルは発生するが、ぶ男にもズルは発生するのである。

非常に言いにくいことなのだが、お相撲さん、あの周辺でズルが発生する。

いまはそうでもないが、昔の相撲界はぶ男の集団だった。

いい男とぶ男とどっちが多かったかと言えば、それはもう圧倒的にイケメンじゃないほう、イモメン、ダメメンが多かった。
　ところが、相撲部屋のおかみさんは美人が多い。圧倒的に多い。
　ぶ男のところへ美女が嫁にくる。
　非常に言いにくいことだが朝青龍の親方のところのおかみさんも美人である。
　相撲界にはこういうズルが多いような気がする。
　ズルとはっきり断定できないが、どこか遠いところにズルがあるような気がする。
　当人たちも、「ズルだろ」と言われれば多分否定しないと思う。
　親方のほうにも「ズルだな」という自覚はあると思う。
　おかみさんのほうも「ズルです」と思っていると思う。
　はっきり「ズルではありません」と否定しきれないと思う。
　話は相撲界から突然とぶが、
「年金で海外で暮らそう」
　というのも、どうもなんだかズルのような気がする。
　雑誌「アエラ」の二〇〇四年二月九日号で、
「チェンマイ年金天国」
　という特集をやっている。
　年金の月額が二十四万円の定年退職者が、チェンマイに行けば、週二回ゴルフを楽しみ、飲み代を気にすることなく酒が飲め、年一回は海外旅行ができるという。

日本の自宅を人に貸して、その家賃と年金でチェンマイで暮らしている人もいて、その人は住みこみのメイドを雇っているという。

住居はマンションでも一〇〇平方メートルがふつうらしい。

年金二十四万円で、日本ではこういう生活はできない。

ゴルフどころではないし、毎日のビール代だって気にせずにはいられないし、年一回の海外旅行など到底できっこない。

チェンマイに行くとできる。

チェンマイだからできる。

老後は年金で海外で、ということは誰でも一度は考える。

とにかく物価の安いところ、経済格差の大きいところ、治安の安定しているところ、という考え方で考えていって、でもあんまり低開発国でもなあ、ということになって、まずオーストラリアが浮かび、南米あたりも浮かび、インドネシアなんかも浮かび、タイということになり、タイもバンコックあたりは物価もそれほど安くないし、ということになってチェンマイということになっていく。

チェンマイに行けば老後もゴルフをやりながら暮らせる。

まさに天国である。

ここまではいい。

だが、チェンマイの人たちの生活水準は、一か月の生活費が三万円からせいぜい六万円までだという。メイドの給料は一万円に満たないという。

自分たちが暮らしているすぐ隣で、こういう人たちがこういう暮らしをしている。

その差があればこそ自分たちの暮らしが成り立つのだ。

その差だけが、自分たちの生活の基盤になっているのだ。

ということになってくると、それまで立ちこめていなかったズルの匂いが急に立ちこめてくる。

ズルではないのだが、どうもなんだかズルのような気がしてくる。

気がしてくるだけであって、決してズルではありませんよ。念のため。

（『誰だってズルしたい！』二〇〇七年）

# コンビニ日記

○月○日

夜、ローソンでおでんを買ってきた。

他のコンビニは百円ものが主流だが、ローソンは全品七十円均一だ。

ぼくはこれまでに何百回コンビニに通ったかしれないが、一度だってコンビニでおでんを買っている人を目撃したことがない。

しかし、コンビニではいつだっておでんが弱々しい湯気をあげている。

このローソンは今年の二月に開店したばかりなのだが、もしかしたらぼくが〝当店おでんお買いあげ第一号〟ということになるのだろうか。

このローソンのおでんは、ときどきセルフサービスになる。

店が混雑して忙しいときにセルフサービスになるというわけでもないらしく、全然ヒマなときでも、「セルフサービスでお取りください」のフダが出ていることがある。

今夜もそのフダが出ていた。

おでん鍋の横に、大小二種類のプラスチック容器と、わりに大きめのお玉が置いてある。

大きいほうの容器は、ドカ弁を更に深く大きくした感じで、長さは五センチぐらいある。

ぼくは大きいほうを取りあげた。

左手に容器、右手にお玉をかまえおでんの鍋の前に立つ。

「エート、まずコンニャクね」

と、コンニャクをお玉で追いつめてすくいあげ、

「とれた、とれた」

と、ポチャンと容器にあける。

まるで金魚すくいだ。

「次は大根いくか」

と、大根を追いつめてすくいあげる。

コンビニのおでんは例外なくレジの横にある。

レジに並んだ人が、オジサンがおでんで金魚すくいをしているのをチラチラ見る。

オジサンは恥ずかしい。

オジサンは巨大容器のほうを選んだにもかかわらず、結局、コンニャクと大根とスジ（スジ肉）とシラタキしか取らなかった。

この容器は恐らく二十品以上取る人のための容器として置かれてあるのだ。

オジサンにはむろん理由がある。

おツユをねらっているのだ。

まずお玉でおツユを一杯。

これは当然の権利である。なんの後指をさされることがあろう。

続いて、急に、おそるおそるという感じになってもう一杯入れた。

世間一般の常識として、おでん一品に対してどのくらいの量のおツユがつくものなのだろうか。

屋台のおでん屋なんかでは、たとえばチクワとコンニャクとサツマ揚げの三品を取ると、お皿にお玉半杯ぐらいのおツユを入れてくれる。

このあたりに、〝おツユの常識〟をさぐる根拠がありそうだ。

しかし、ローソン当局は、そのことに関する見解はいっさい示していない。

おツユに関する表示はどこにもない。

もし巨大容器にチクワを一本だけ入れ、容器のフチまでナミナミ、タプタプにおツユ

を入れて持ってきた客がいたならばどう対処するつもりなのだろうか。

ただちにセコムに通報、セコムがやってきて、おツユ没収ということになるのだろうか。

オジサンはレジ係を見た。

女子高生のバイトのようだ。

それを見たオジサンはもう半杯、おツユを容器に入れた。

おとなしそうな女子高生だったからだ。

おでん四品はとっくにおツユの中に水没している。明らかに良識の域を超えている。

オジサンはおでん四品、おツユタプタプの容器をレジに差し出した。

女子高生は容器を受けとり、容器の中をしばらくの間じっと見つめていた。

オジサンはドキリとした。

「いよいよセコムか」

翌日の日刊ゲンダイに、

「中年男、コンビニで女子高生のバイトをおどし、おでんのツユを大量に持ち去る」

というような記事が出るのだろうか。

だが、女子高生は、ただ単に、容器の中の品数を数えていただけなのであった。

四品で二百八十円、と打ち、消費税八円、と出ると、

「カラシつけますか」

と、何の疑いもないつぶらな瞳をオジサンに向けるのだった。

オジサンはせめてもの罪ほろぼしに、

「いらない」

と応じるのだった。

大量のツユ代から、せめてカラシ代を引いてもらおうと思ったのだ。

オジサンが千円札を出すと、女子高生は、

「千円からおあずかりします」

と言って受けとり、七百十二円のおつりをくれるのだった。

オジサンはおでんの入ったビニール袋をさげ、ローソンの自動でないドアを自力で押し開いて外に出た。

夜道を歩きながら、

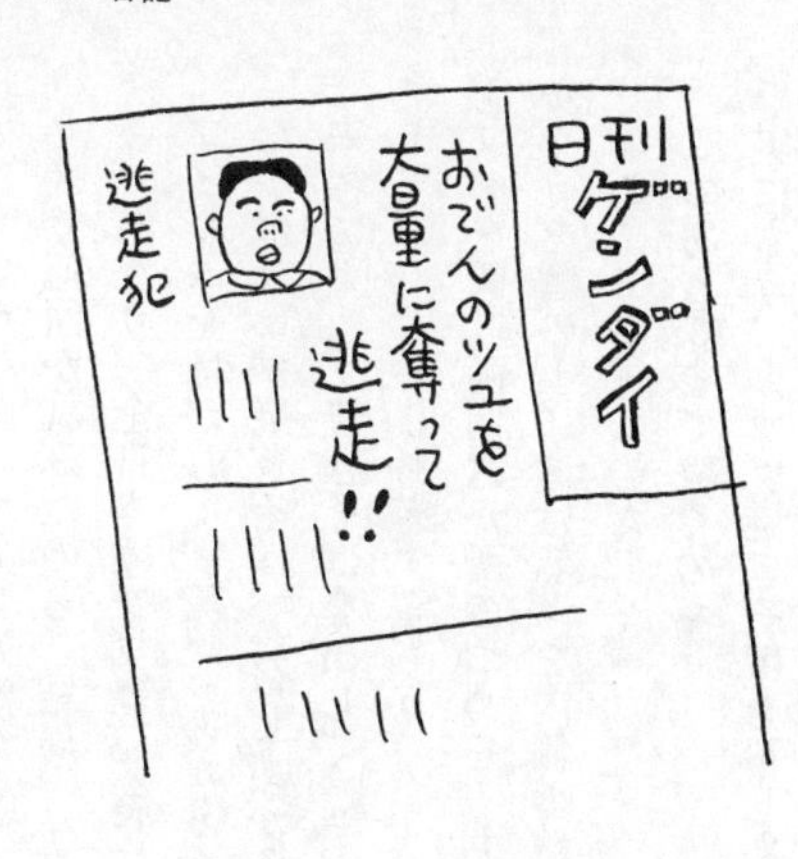


「よく考えてみたら、大根とスジはさておき、コンニャクとシラタキの組み合わせはまずかったのではないか。コンニャクもシラタキも結局は同じものだから、むしろ他のものにすべきではなかったろうか」

と反省し、清純な女子高生に大人の醜い面を見せてしまった、と反省し、

「しかし、他のコンビニはすべて自動ドアなのに、ローソンだけはどの店も自動じゃないというのは何か理由があるのだろうか」

と、いろいろ考えることの多い帰途となった。

○月○日

ミニストップでカップ焼きそばとウーロン茶を買ってきた。

カップ焼きそばは、「日清焼きそばＵＦＯ」の「これが本流焼きそばソース」というもので、

ウーロン茶は伊藤園の「金の烏龍茶」の五〇〇㎖ものだ。

まず「UFO」のカップのフィルムをはがす。

カップ麺のフィルムというものはなかなか破れない。

ツメで何回か試みたのち、結局、包丁を持ち出すことになる。

このあたり、全日本カップ麺協会に一考を促したいところだ。

フィルムをはがして、「召しあがりかた」というところを読む。

たかがカップ焼きそば、〝召しあがる〟というほどのものではあるまい。

来客にカップ焼きそばを出して、「どうぞお召しあがりください」って言うか。

ま、いい。とりあえず読もう。

①フタを開け両側六か所のつめをもちあげる。ソース、かやく、ふりかけを取り出す。

かやくを麺の上にあけ熱湯を内側の線まで注ぐ。

ここまでが①なのだ。

このあと③まで続くのだ。

実にもう、カップ焼きそばを召しあがるにはいろんなことをしなければならないのだ。

六か所ものつめを一つ一つツメで持ちあげさせられるのだ。

世の中には〝札所六か所巡り〟なんてものもあって、六か所というのは大変な数というこ

とになっているはずだ。

ま、いい。とにかく六か所ツメで持ちあげよう。
②再びフタをし三分間待って湯切り口（矢印）が完全に見えるまでつめを開けて湯切り口から湯を捨てる。
③ソースをかけてよくまぜ合わせ、ふりかけをかけてできあがり。
読み終えてつくづくうんざりする。

〝湯切り口が完全に見えるまでつめを開けて〟というのは、さっき持ちあげたつめが下がったりしているのはいけないということらしい。

だから一つめ、一つめ、確認しろということらしい。

もう、いいっ。そんなことまでさせるならもうこの焼きそばは食わないっ。と言いたくなるのを我慢して、一つ一つ言いつけを守る。

電気ポットの湯をジョボジョボと〝内側の線まで〟注いで三分待つ。

「あそこのあの針があそこに行ったらだな」と三分待つ。

この三分というのは実に中途半端で実にやるせない時間だ。

やるせなく、フタの字なんかを読む。原材料名というところを読む。

なになに増粘多糖類？　なになに炭酸カルシウム？　なになに酸化防止剤？　そういうのって体によくないんじゃないの。なになに？　カッコしてビタミンE？　そうか、そんなら大丈夫、などと、よくわからないのに安心したりする。

あそこの針があそこに行ったので、立ちあがって流しに持って行って湯を捨てる。

湯を捨て始めて三秒ぐらいたったころ、不意にステンレスの流しがベコッと音をたてる。

深夜なんかだと、このベコッに思わずドキッとなる。

もう何十回も、カップ焼きそばの湯を流しに捨てているのだから、いずれベコッというのはわかっているのに、つい油断しているとドキッとなる。

〝召しあがりかた〟のところに、あんなにこまごまと注意が書いてあるのだから、〝流しに湯を捨てるときベコッと音がするけど決して驚かないように〟という注意書きをつけるべきではないのか。

このあたりも全日本カップ麺協会にお願いしておきたい。

湯を捨てるとき注意することは、フタを両手でようく押さえることだ。

押さえが足りずにズルッと中身が流しにあふれ出て、あわててフタを押さえようとして熱湯が手にかかり、アッチッチッと思わず両手を離して箱ごと流しにぶちまけるということはよくあることだ。

ぶちまけられた流しの中の湯気をあげる焼きそばを見るのはつくづく悲しい。

ソースの袋を破ってソースをかけてかきまわす。

最後にふりかけをかけてひと口すすりこむと、大量に立ちのぼる湯気とソースの酢の匂いで、ケホケホとむせかえるところがカップ焼きそばのダイゴミだ。

二口、三口と食べたところで伊藤園の「金の烏龍茶」五〇〇mlの口金を開ける。

こういう五〇〇mlもののボトルの口金は、金属のものとプラスチックのものとがある。口金をまわすと、チリチリと音がして、やがてプチッという音とともにフタの上の部分と下の部分が切断される。

このプチッのとき、ほんの少しだが快感のようなものを感じる。

「やった！」と言うほどではないが、「やった！」の百分の一ぐらいの快感はある。

このプチ感は、プラスチックのフタよりも、金属のフタのほうが秀逸である。

この「金の烏龍茶」は〝烏龍茶の中でも極品茶とよばれる鉄観音と岩水仙に色種、黄金の名をもつ烏龍茶、黄金桂をブレンドし、黄金の液色と金木犀の花のようなふくよかな香り、味わいを功夫（くんふう）製法で抽出しました〟と、なんだかよくわからないほどものものしいのに、値段はふつうのウーロン茶と同じというところが気に入って愛用している。

少しトゲトゲした味がしておいしい。

くどい味のカップ焼きそばにとてもよく合う。

○月○日

セブンイレブンで「具だくさん弁当」と「生ヤサイサラダ・フレッシュ、ノンオイルドレッシング付き」と「カップしじみ汁・生みそタイプ」を買ってくる。

夕食用だ。

この「具だくさん弁当」は、ほんとに具だくさんで、四百六十円でありながら、①サワラ塩焼き②コロッケ（半分）③卵焼き④チクワ磯辺揚げ⑤鶏唐揚げ⑥レンコン天ぷら⑦キンピラ（キンピラの下に海苔）⑧大根桜漬け⑨ウィンナソーセージ、と、九種類ものおかずが入っている。

レジにこれらの買い物を提出すると、レジのオニイチャンが、

「お弁当はあたためますか」

と訊く。

「ハイ」

と答えるとレジのうしろのレンジに入れて約一分待つことになる。

このときの、一分間待つ態度というものがなかなかにむずかしい。

ほかに客がいない場合は、レジのオニイチャンと二人で待つことになる。

二人とも無言で、ぼくのほうは〝休め〟をしたり〝休め〟の足を取りかえたり、ツメを噛んだり、なんとなくいたたまれない。

オニイチャンのほうは、ときどきレンジのほうをふり返ったりして、「おそいですね」なんていう素振りをしたりする。

うしろに次の客がいる場合も、これはこれでむずかしい。

うしろの客がＯＬなどという場合は更にむずかしくなる。

ＯＬは、レジの台の上に展開されたぼくの買い物のすべてを見ている。

「フーン、このオジサンの今夜の夕食はこれなんだ」

と、献立てのすべてがわかってしまう。

とてもくやしい。

「今夜は具だくさん弁当に、野菜サラダにしじみの味噌汁なんだ。野菜サラダなんかつけてるってことは、きっと栄養のバランスなんかも考えてんだ、あれで」

なーにが「あれで」だ、とオジサンはくやしい。

「ノンオイルドレッシング付きを選んだってことは、ダイエットなんかもしてるんだ、あれで」

まずかった、とオジサンは思う。

ほんとはノンオイルでなくてもよかったのだ。たまたまノンオイルだっただけなのだ。

オジサンはますますくやしい。

さらにまずいことは、オジサンの今夜の夕食の費用もすべてわかってしまうことだ。

今夜の夕食の一つ一つの値段が、レジの数字の表示によって、逐一OLに報告されてしまうのだ。

「具だくさん弁当が四百六十円。野菜サラダ二百円。カップしじみ味噌汁百三十円。消費税込みでたったの八百十四円か。ナーンダ」

なにが「ナーンダ」なんだ、とオジサンはくやしい。

「うちに帰ればね、この具だくさん弁当のたくさんの具で、缶ビールを二本飲むんだかんな。その八百十四円に缶ビール二本分の四百六十円足して千二百七十四円に訂正しておけよ」

と、オジサンは、弁当があたたまるのを待ちながらどうにもくやしい。

弁当をあたためてもらうと、帰りはどうしても早や足になる。

弁当が冷めないうちに戻らなければならない。

「あっため弁当」は弁当のすみずみまであたたまっている。

ここだけはあたたまらないという箇所はない。

お箸もあたたまってしまう。寒い夜などはあたたかい箸がかえってありがたい。

梅干しもあたたまってしまう。

あたたかい梅干し、あたたかいタクアン、あたたかい大根桜漬けは、すでに新しい食文化として受け入れられ始めている。

独身で、コンビニ弁当ばかり食べている青年などは、あたたかい梅干しじゃないとおいしくないと言うそうだ。

こういう青年が結婚して家庭を持ち、朝食にタクアンが出てくると、

「このタクアンは冷めたい」

と言って怒るという。

コンビニ弁当慣れしたこのオジサンも、

「この大根桜漬け、あったかくておいしい」

と思うようになってきた。

コンビニ弁当には醬油の小袋なども入っているが、

「醬油もあったかくないとおいしくないな」

と思うようになってきた。


（『ずいぶんなおねだり』二〇〇〇年）

# 旅館の朝食について

ぼくは、ふだんは朝食は食べない主義である。

一日二食。

十時か十一時ごろ、朝昼兼用で一食。

夜は八時ごろに、お酒を飲みながら一食、計二食である。（こんなところに「計」なんて使わなくてもいいかナ）

とにかく計二食。

旅行に行ってもこの方針は変わらない。

朝食抜きの思想は変わらない。

思想は変わらないのだが、行動のほうが変わってしまうのである。

朝食抜きの思想を堅持しつつ、朝食を食べてしまうのである。

なぜそういうことになってしまうのか。

次のような次第でそういうことになってしまうのである。

たとえば大勢で旅行に行って、旅館に泊まる。一部屋に四人、というような部屋割りになる。

朝になって、一人起き、二人起き、ぼくの周辺が少しずつ騒がしくなってくる。洗面に行く人、寝床にすわったまま電気カミソリでジージーやる人、窓ぎわのソファにすわって朝刊をガサガサやる人、枕元をドスドス歩きまわる人などで、とても寝てはいられない情況と相成る。

やむをえず、起きあがって寝ぼけマナコをこすりついでに脇腹もボリボリ搔いていると、

「朝食八時半、一階ロビーの突きあたりの広間、せせらぎ」

などと、はずんだ声が聞こえてくる。

起きたばかりで食欲などまるでないし、前夜吸いすぎたタバコでなんとなく気持ちわるく、

（朝食など、とんでもない話だ）

と思う。

（朝食など、迷惑このうえない）

とも思う。

この時点では、朝食抜きの思想は厳然として変わらない。

第一、朝食のイメージがまるでわかない。

（朝食ってどんなものだっけ？）

とさえ思う。

八時半が近づいてきて、一人、二人と朝食に出かけて行き、一人残されると、少し寂しくなり、

（ま、梅干しにお茶だけでも）

という気持ちになって「せせらぎ」に出かけて行く。

広間のテーブルには、すでに朝食がズラリと並べられており、人々は朝食開始のタイミングをいまや遅しとはかっている。

腕組みして自分の目の前の料理を眺め、これからの段取りをすでに考え始めている人もいる。

（まず、味噌汁一口すすって、アジの開きから

取りかかるか。いや待てよ、最初ノリからいくのもわるくないナ）

なんて考えているらしいのである。

納豆におしょうゆをかけて掻きまわし、ようく糸を切ってあとは食事の開始を待つばかり、というせっぱつまった人もいる。

ノリの袋を破って、一枚だけおしょうゆにひたして、ノリの湿潤をはかっている人もいる。この人もせっぱつまった気持ちの人である。

日本の旅館の朝食は、全国統一お決まりコースというようなものが決まっているようだ。

まず焼魚。これは小ぶりのアジの開きか、塩ジャケが半切れ、というのが多い。

それから味付けノリに生タマゴ。

この三者は、和風旅館朝食の基幹をなすものであるらしく、これらのいずれかが欠けるということはまずない。

それからカマボコ、ハム、納豆、目玉焼きなどの基幹周辺食品が続き、おしんこ関係では、タクアン、ワサビ漬け、梅干し、しば漬けなどが並ぶ。

人々のうしろを通り、空いている席をみつけて、そこにすわりこむ。

旅館の朝食は、たいていの場合座卓の上に所狭しと並べられていて、隣の人との境目が必ず入り乱れているものである。

そうなると、

(ここからここまではオレの料理だかんな)

という権利意識というか、所有意欲というか、そういったものが勃然とわいてくるのである。

隣のほうに入りこんでいた自分のカマボコの皿を、自分の領域のほうにキチンと置きなおしたりする。

(取るなよ)

と隣の人を睨んだりする。

ついさっきまで、朝食迷惑の思想を持っていた人とは思えない行動を取り始めるのである。

それから周囲を見廻して、自分のと、他の人とのアジの開きの大小を比べたりする。

自分のほうがはるかに小さかったりすると、落胆のあまりガックリとうなだれたりする。

朝食迷惑の人のはずなのに、こと所有問題となると話は別なのである。

自分の領域の料理を仔細に点検して、

(足りないものはないか。生タマゴ、ウンある。ワサビ漬け、ウンある。オオッ、タクアンがないぞ)

と一瞬まっ青になり、（なんだ、こんなところに隠れていたか）とポットの陰にかくれていたタクアンを引きよせホッとして吹き出したヒタイの汗を拭ったりする。

それから次に、両側の人の料理が、自分の領域のほうに押し寄せていて、自分の料理が置かれている区域が他の人より狭くなっているのを発見する。

（領土が狭い！）

と、ここで急に領土意識に目ざめるのである。

両側の料理を少しずつ押しやり、領土拡張を試みる。

（侵略許すまじ）

の毅然とした態度を示すのである。

そんなことをしているうちに、自分の領土に散開している自分の料理たちに、少しずつ愛情のようなものがわいてくる。

（ここに並んでいるものは、全部オレのもんだかんな。だれにも一つだってやんないかんな）

という意識と、

（取るなよ）

という意識が、押しとどめようもなくわきあがってきて胸がいっぱいになる。

カマボコやタクアンを前にして、領土、保有、防衛、祖国愛といったような、国家的規模ともいえる壮大な心のたかまりを覚え、目には涙さえ浮かんでくるのである。

こうなってくると、もはや、これらの権利を行使せずにはいられない、というやむにやまれぬ気持ちになって、ついにハシを取りあげるということになってしまうのである。

同情が愛情に、ということはよくあるが、この場合は、愛情が食欲に、という佐川一政さん的思考の展開がなされてくるのである。

朝食係りのおばさんが、準備態勢整った人から、ゴハンをよそってあげている。

順番を待つのももどかしく、茶わんを差し出し、おばさんにゴハンをよそってもらう。

上品に、少ししかよそってくれないと、

(もう。……こんなに少ししか。もう)

と腹わたを煮えくり返らせておばさんを睨みつけたりする。

このあたりになると、朝食迷惑の思想はどこかにけしとんでいる。

もう一度おばさんを睨みつけてから、まず味噌汁を取りあげる。

朝食の味噌汁は、もう長い間、よそったままになっているため、上のほうが澄んでいて、底のほうがよどんでいるという二重構造になっている場合が多い。

この構造を改善させるため、ハシで二度ほど掻き廻して全域の均質化をはかり、それからズルズルとすすりこむ。当然なまぬるい。

とりあえず、アジの開きから攻めることにする。

このアジがまた、よくもまあこういう小さいのばかり選りすぐって集めたものだ、と思うぐらい小さく、焼きざましのため堅く反り返っている。

最初、安易な気持ちでハシを突っつき、思わぬ抵抗にあい、これではいかぬ、と気持ちを改め、ヒザを組みかえ、左手をそえたりしてようやく一片の身をはがし取る。

これでゴハンを一口。

ここで、これからのおおよその方針、といったものを立てなければならないことに気付く。

朝食のつつがなき運営を期さねばならない。

もう一度痩せた小アジを責めさいなみながら、

（エート。中盤までは、このアジとカマボコを中心に運営していって、そのあいまあいまをワサビ漬けで補い、後半はノリと納豆で展開していって盛りあげ、終盤は生タマゴで一挙に攻め込んでしめる、ト）

といったような、運動会の式次第のような腹案を練る。

最後をなんでしめるか、という問題は、食事においては非常に大切である。

特に旅館の朝食においては大切である。

この「しめ」がうまくいくかどうかで、食事のよしあしが決まってしまうといっても

過言ではない。

なんとなくダラダラと食事が終わってしまった、というのが一番よくない。

食事の最後のところで、

（では、ここでしめるぞ）

と心を新たにしてしめる、そうすると、

（ああ、とてもよい食事だった）

という快い感慨が残るのである。

なぜ旅館の朝食だと、特にしめが大切なのか？　と聞かれると困るが、どうもなんだかそんなような気がする。

そんなような気がしきりにする。

ま、たいていの人は、そう綿密ではないにしても、大ざっぱな段取りを考えつつ食事をするものだが、なかには、なんの考えもない人もいる。

なーんにも考えないで、行きあたりばったり、目についたものを突っつき、手に触れたものを口に運び、なーんの考えもありはしないのだ。

こういう人は、見ていてハラハラする。

いきなりゴハンに生タマゴをかけてしまう人もいる。そうしてそこにおしょうゆを注ぎこみ、グチャグチャに掻きまわし、まずそうに食べる。タマゴかけしょうゆゴハンには、もはやアジの開きも合わないし、ノリも合わないし、ワサビ漬けも合わない。

二杯目を、白いゴハンで食べるからいいんだ、というかもしれないが、二杯目のゴハンだって、茶わんに付着したタマゴで黄色くなってしまう。

こういう人は、いきなり生タマゴをかけない場合でも、その無計画性は変わらない。最初のうちに、どんどんおかずを食べてしまい、後半おかずがなくなって苦しむ破目になる。タクアンの一切れを、大切そうに少しずつかじり取ったりして苦境にあえぐことになる。

こういう人は、食事のときに、指南番、もしくはコーチを雇ったらいいと思う。

ボクシングでいえば、セコンドである。

セコンドをうしろに配備して、カーンの音とともに食事を開始する。

いきなり生タマゴに手を出そうとすると、うしろのセコンドが、

「生タマゴ待て、まず左はじのカマボコからいけ。そうそう。いいぞ、いいぞ。それに

ワサビ漬けをのせて一口食え。あせるな」

などと指示する。

ゴハンのおかわりをしようとすると、

「ゴハン待て。ここは味噌汁だ。味噌汁一発いけ。ヨーシ、ヨーシ。いいか、タクアンはまだだぞ。タクアンは後半に備えておけ、いいか、落ちつけよ」

などと指示を与えてもらい、ときどき肩など揉みほぐしてもらい、タオルでヒタイの汗などふいてもらうのだ。

無事、食事が終了したら、右手を高く掲げてもらい、肩車で広間を一周させてもらうといい。

最近は、

「朝食は、一階の食堂でバイキングです」

というところも多い。

このほうが、旅館側の人手がはぶけるせいか、大はやりの傾向をみせている。

この場合も、ぼくの朝食抜きの思想は変わらない。

朝食抜きの思想を堅持しつつ、朝食を食べてしまう、という点も変わらない。

朝八時半、(別に何時でもいいんだけど) みんなのうしろについてバイキングがとり行われている食堂に向かう。

食堂に到着すると、入口のところに大皿が積み重ねてあって、とりあえずこれを一枚取りあげる。

朝食のバイキングは、得体のしれないものが多い。

インゲンの油いためとか、ホーレン草の油いためとか、ソーセージの油いためとか、(いやに油いためが多いが)それから、キュウリを荒くきざんだのにサラダオイルをかけたのとか、ハルサメのサラダ風とか、わけのわからないものが多い。

あとはありきたりの、カマボコとか生タマゴとかシャケとかタクアンのコーナーが並ぶ。最後にリンゴが丸ごと並んでいたりする。

油いためが多いのは、前の晩の残りものを、なんでもいいからいためちゃえ、ということでいためて並べているせいかもしれない。

入口でお皿を一枚取りあげると、おかずの前は長蛇の列となっている。

みんな浴衣の前をだらしなくはだけて、皿を手にして覇気のない顔で並んでいる。

お皿を持って行列を作るというのは、どうもなんだか哀れな感じがする。

難民の列というか、戦火をのがれて、というか、あすはいずこで果てるやら、というか、並んでいるうちに惨めな気持ちになってくる。

行列を作って、あれを少し、これを少し、と自分の皿に取り分けているうちに、気持

ちがだんだん卑屈になっていく。

係りの人が料理のうしろに立っていたりすると、看守に監視されている囚人のような心境になる。

取り分ける、というより、盗み取る、というような気持ちになってしまう。

こっちの態度が卑屈になっているせいか、係りの人はなぜか傲慢(ごうまん)で、

(オラオラ、あんまりいやしい真似すんなよ)

という態度をとる者もいる。

ちゃんと金払っているのにくやしい。

カマボココーナーのところで、二切れほど取り分け、

(いや、もう一切れ。いやいや万が一の場合に備えてもう一切れ)

と合計四切れほど取り分け、(なにが万が一なのかわからないが)係りの人の冷たい視線を

感じ、急に、

（文句あっか）

と睨みつけたりする。

（なんなら手づかみでつかみ取ったろか）

と急に大阪弁的思考になって態度が荒々しくなったりする。

最初は、

（食欲も全然ないし、ほんの申しわけ程度に少しずつ）

と思っているにもかかわらず、次から次に食品が目の前に現われると、

（アジの開きも食べてみたい。あのサツマ揚げも少し食べてみたい。ホーレン草の油いためも少し食べてみたい。リンゴもかじってみたい）

と、だんだん狂おしいような気持ちになっていき、一皿がたちまち満員となり、もう一皿を取りに入口のところに駆け戻ったりするのである。

山盛りの皿を二つも抱えてテーブルにつき、冷静になってつくづく眺めればとても食べ切れる量ではない。

残しては末代の恥とばかり、必死になって食べるが、結局は大半が目の前に残る。

やむなく食事終了ということになって、お茶をすすり、タバコを吸う。

この、（大量の確保食品を目の前に残してタバコを吸っている人）というのは、例外

なく恥じらいをふくんでうつむいているものである。

はたから見ても、明らかに惨めである。

意気込みと結果に、重大な蹉跌があったのは、だれの目にも明らかである。

本人も、そのことを充分自覚しつつ、反省のひとときを過しているところなのである。

その人の品性、いやしさ、意地汚さ、育ちなどを、大量の残留食品がすべて物語っているのである。

まわりの人も、

(ホレ、みろ)

という視線をチラチラと送ってくる。

係りのおばさんも、

(こういう人、よくいるのよねー。食べきれないなら持ってこなきゃいいのよねー。だけど持ってきちゃうのよねー。おうち貧しかったのよねー)

と、テーブルを片づけながら思っているにちがいないのである。

そこで格言。

朝食バイキングで大量に残したら、タバコなど吸わずにすぐ逃げろ。

(『ショージ君の時代は胃袋だ』一九八八年)

# 妻と語らん

いつごろからだろうか、松本さんは妻に何か言おうとすると、一度その内容を頭の中で整理してからでないと口に出せないようになっていた。

ちょっとタバコを買いに出かけるにしても、そのことを妻に伝えようとして頭の中で整理する。

「ちょっとそこまでタバコを買いに行ってくる」

うん、これでいいな、と思うが、念を入れてもう一度頭の中で暗誦してみる。

暗誦してみて、（ちょっと）は要らないのではないか、と思う。

「そこまでタバコを買いに行ってくる」

このほうがいいのではないか。

などと、最近はちょっとした会話にも推敲さえ加えるようになっていた。

結婚式の披露宴で、お祝いの挨拶を頼まれた来賓のように、全体の構想を練り、前後を入れ替えたりして、きちんとまとめてからでないと言葉に出せないのだ。

自分でもなぜそうなったのかわからない。

定年退職してからは、朝から晩まで妻といっしょの生活をしているが、二人ともほとんど口をきかない。

二人の間が険悪になっているわけではない。

かといって、円満というわけでもない。

お互いが空気のような存在というわけにはいかない。多少の気づまりのようなものはある。

一日の大半が長い長い沈黙だから、何か用事ができて妻に何事か話しかけなければならなくなると、急に改まったような気持ちになるのかもしれない。

いよいよ何か話し始めるときは、

(では、セリフ、いきます)

と少し緊張する。

昔は、タバコを買いに行くことを告げるのに、こんな予行演習のようなことはしなかった。

いつでもスッと、考える前に言葉のほうが先に出ていたはずだ。

いまも、松本さんはタバコを買いに行こうとして、セリフの構想を練っているところだった。

「そこまでタバコを買いに行ってくる」

これでよし、と、二階から階段を降りながら構想をまとめあげ、あとは一階の居間にいる妻に告げるだけだ。

居間の入口のフスマが少し開いていて、テレビを見ている妻の後姿が見える。

その後姿に向かって、さっきまとめあげたセリフを、一字一句間違えないように言い始めた。

「そこまでタバコを買いに行ってくるよ」

と言い終え、うまく言えたと思い、しかし何で急に最初の予定になかった「よ」を最後に入れてしまったのだろう、と思い、しかし、ま、「よ」が入って全体に柔かみと親しみが出て、かえってよかったのではないか、と思いながら、妻の、

「………」

という返事をもらって外へ出た。

サンダルの音をペタペタさせながら、午後の静かな住宅街を歩いて行く。

タバコの自動販売機のあるところまで、歩いて四分の距離だ。

歩きながら、しかし、このサンダルというものは、定年退職者によく似合う履きもの

だなあ、と思う。

サンダルにカーデガン、自分は持ってないが、これにループタイを首からぶらさげれば、定年退職者の三点セットが揃うことになる。

わが家から四軒先の、渡辺さんちの小さな桜の木がきょう満開になった。

高さ二メートルほどの、ほんの小さな桜の木で、ヒョロヒョロした小枝に三十個ほどの花がこびりついている。

それでも一応満開。

それなりに満開。

去年はたしか、全部で十個ぐらいの花しか咲かなくて、全部咲いても満開という感じにならなかった。

これから年々、大きく、高く、たくさんの花を咲かせていくことだろう。

それにしても、桜の花は年々色が白っぽくなっていくのはどうしたことだろう。

桜の花は〝ほんのり桜色〟というように、少しピンクがかった色だったはずだ。

自動販売機に三百円をチャリン、チャリンと入れ、愛用の〝いちばんかるいフロンティア〟のボタンを押し、先に五十円の釣り銭を取ってから、ヨッコラショ、と声に出してタバコを取り出す。

家に戻ると、妻はあいかわらず大きなお尻を見せてテレビを見ていた。

もうそろそろ染める時期がきていて、根元のところがかなり白くなっている髪の毛をボリボリ掻いている。

「渡辺さんとこの桜、ようやく満開になったね」

と話しかけようとして、また全体の構想を練り始める。

この「ようやく」には、いままで花をつけることが少なかった桜の若木が、ことしやっと大人の木になったという意味がこめられている。

だとしたら、「ようやく」より「やっと」のほうがその感じがよく出るかもしれない。

うん、「やっと」のほうがいい。

そういう会話を交したあと、うん、そう、〝年々桜の花の色が白っぽくなっていってる問題〟に移っていこう。

この問題についての妻の意見を訊いてみよう。

「そんなことないわよ。桜の花は昔っから白っぽかったわよ」

なんてことになるのかもしれない。

大まかな構想はできあがった。

あとは「渡辺さんとこの……」で始まる会話の最初の発音「わ」を、いつスタートさせるかだ。

たったいまなのか、もうちょっとあと、あと二、三秒後なのか。

松本さんはいつもこのことで迷う。

いつ会話をスタートさせるのか、いまか、もうちょっとあとにするのか……。

結局、松本さんは妻に何も話しかけずに二階にあがって行った。

そういうことを、妻と語りあって、それが一体どうなるというのか。

何か効果みたいなものがあるのか。

楽しいひとときとなりうるのか。

妻はそういう会話を望んでいるのか。

前に一度、そういう何でもないことから始まった会話が発展していって、口論になったこともあった……。

いろんな思いが会話を押しとどめたのであった。

二階には、三年前に嫁に行った長女の部屋が、何の手も加えられないまま残してある。

ベッドも、枕も、ピアノも、短大を受験したときの受験参考書も一冊残らずそのままになっている。

その部屋を松本さんは自分の部屋として使っている。

ベッドに倒れこんで〝いちばんかるいフロンティア〟に火をつける。

ベッドのすぐ上は小さな窓だ。

その窓の外は隣家の窓で、お互いスダレで目隠しをしあっている。

なにしろ隣家との距離が、五十センチといいたいところだが四十センチしかない。

この家は十五年前、三軒いっしょに売り出された建て売り住宅を買ったものだ。

それまでそこに建っていた一軒の家が取りこわされ、そのあとギュウギュウ詰めで三軒が建てられたのだった。

この四十センチ隣のスダレの部屋は、元は隣の家の長男の勉強部屋だった。

松本さんの長女がこの部屋でピアノを弾くと、いつもすぐに隣から電話がかかってきた。長男の勉強の妨げになる、という奥さんからの電話だった。

その隣の長男も、結婚して家を出ていまはいない。

松本さんは〝いちばんかるいフロンティア〟をくゆらす。

（あしたは俳句教室の日だったな）

と思う。

定年退職してからは、日課というものは何もなく、週一回、水曜日に、朝日カルチャーセンターの俳句教室に出かけて行くのが唯一のスケジュールだった。

俳句は特に好きだったわけではないが、お金がかからないからという理由で妻にすすめられたものだった。

それでも俳句づくりはいつのまにか身について、いまでは俳句のヒントを書きつける句帳を身近にいつも置いておくようになっていた。

俳句づくりは言葉をけずる作業だ、と教室で教わった。

妻と話そうとするとき、余計な言葉を省こうとするのも、俳句づくりの影響かもしれない。

灰皿に〝いちばんかるいフロンティア〟の灰を落とす。

定年退職してからは、あらゆる時間にルーズになった。

朝食の時間、昼食の時間がまずルーズになった。きょうは何曜日なのか、いく日なのか、よくわからない曜日の区別も曖昧になった。

（ここで改行）

しそれが気にもならなくなった。

おなかがすいてくると、

「メシ」

と言い、そうすると妻は台所に立っていってメシの支度をする。

二人、黙々とメシを食い、食べ終ると、

「オチャ」

と言う。お茶を飲み終えて、

「ヨージ」

と言うとヨージが出てくる。

〝渡辺さんちの桜の花事件〟があってから半年後には、妻との会話はそうした名詞のみになっていた。

「フロ」「メシ」「シンブン」「ツメキリ」「ミミカキ」……。

　これで充分用が足りる。

　タバコを買いに出かける場合でも、いまは、

「タバコ」

のひとことで出かけて行く。

　つい半年前までは、おなかがすいてくると、

「なんだかおなかがすいてきたなあ。そろそろメシにしないか」

という会話があった。

　それがいまは「メシ」のひとことで用が足りている。

　ということは、それまでの「なんだか」とか「おなかがすいてきたなあ」とか「そろそろ」とかの発言はすべて余計なことを言っていたことになる。

　俳句づくりにならってけずりにけずっていけば、「メシ」のみが残るのだ。

　世間では、家で「フロ」「メシ」「ネル」しか言わない亭主は、いずれ妻に離婚されるということになっている。

　だが松本家にはそういう傾向はなかった。

　妻はもともと口数の少ない女で、無趣味、無感動を絵にかいたような性格なのだ。

かといって、暗いというわけでもない。のんびりした性格も、松本さんは大いに気に入っているところだ。

だから会話が名詞だけになったからといって、そのことで家の中が暗くなるようなことはなかった。

その日も十時半ごろの遅い朝食を食べ終え、

「オチャ」

と言おうとしたそのときだった。

隣の家から、

「オチャ」

という声が聞こえてきたのである。

わが家のダイニングキッチンの、すぐ四十センチのところに隣家のダイニングキッチンがあるのだ。

隣家の主人もつい最近定年になったらしく、いつも家にいる姿をよく見かけていた。

建て売りをいっしょに購入したわけだから、世代も大体同じなのだ。

同じ定年退職者として、同じころに遅い朝食をとり始め、同じころに食べ終わり、同じころに、

「オチャ」

ということになるのだ。

松本さんは嫌な気がした。

こっちの「オチャ」も隣の家に聞こえていたにちがいない。

食卓の上に、新聞の折りこみが散らかっていた。いつも身近に置いてある句帳とエンピツも目の前にあった。

松本さんは折りこみの裏に、

「オチャ」

と書いて妻に見せた。

妻はいつものように、黙ってお茶を入れに席

を立った。

そのことがあってから、いままで口に出していた名詞を、こんどはそのへんにある紙片に書いて見せるようになった。

おなかがすくと、「メシ」と書いて妻に見せる。

フロに入りたいときは「フロ」と書く。

そうなって、松本さんはかえってラクになった。

「フロ」にしても「シンブン」にしても、その言い始めのところでこれまで苦労してきたのだ。

「フロ」の「フ」をいつ言い始めるか。いまなのか、それとも二、三秒あとにするのか。

その苦労がなくなってかえってラクになった。

〝隣家オチャ事件〟があってからさらに半年後の松本家の食卓の上には、リングのついた単語カードが置いてあるのだった。

カードには「オチャ」「ヨージ」「メシ」などと書きつけてある。

松本さんは必要に応じて、必要な箇所を開いて妻に見せる。

いちいち書きつける手間が省けて、松本さんはいっそうラクになった。

俳句の句帳とそのカードを、家の中でもどこへ行くにも持ち歩くようになった。

食事のときはテーブルへ、テレビを見るときは居間へ、夜寝るときは枕元へ持って歩くのが習慣になった。

その夜も松本さんは、句帳とカードを枕元に置いてフトンに入った。

妻はその横で、このところ凝っているクロスワードパズル誌の「ナンクロ」の頁を開いて何やら書きつけている。

このところ、寝る前のひとときを「ナンクロ」で過ごすのが習慣になっていた。

その夜、松本さんは何か感じるものがあった。

隣で何やら書きこんでいる妻の様子が、いつもと何かちがっている。

どうもなんだかこれはあぶないぞ、という気配があった。

（そういえば、そういうこと、ここ一年半はしてないな）

と思う。

（いやいや、二年はしてないな）

と訂正する。

うまくいくだろうか。

妻がスタンドの灯りを消した。

と同時に松本さんのフトンの中にもぐりこんできた。

しかたなく松本さんは妻の肩を抱き、右手を背中から下のほうにおろしていくと、はたして妻はしかるべきものをはいていなかった。

やはりそうだったのだ。

（うまくいくといいが）

あやぶみつつ、松本さんは妻のしかるべき場所をしかるべくなでてやった。

その周辺は、すでに乾燥と反対の極致にあった。

（ここはひとつ、丁寧にいこう）

と松本さんは思った。

（じっくり）

という方針も頭に浮かんだ。

そうやっていれば、そのうちおのずと道はひらかれてくるかもしれない。

そういう方針のもとに、しかるべき作業をしかるべく行っていると、不意に妻が上半身を起こしてスタンドをつけた。

そして松本さんの句帳に大急ぎで何事か書きつけ、それを見せた。

そこには、

「ソコ」

と書いてあった。

松本さんの、この事態に対応すべき箇所は、それなりの態勢を整えつつあった。

（なんとかいけそうだ）

松本さんは将来にやや明るい見とおしが立ち、作業にも一段と熱がこもるのだった。
そのとき再び妻が起きあがった。
そして再び句帳に何事か書きつけている。
松本さんがそれをのぞきこむと、そこには、
「ああ、いい！」
という文字が書いてあるのだった。
松本さんはそれを見て、
（「ああ」は要らないのではないか）
と思うのだった。

（『のほほん行進曲』二〇〇二年）

# 2

# フロイトが食べる

キミはいま、カツ丼を目の前に置いて、これからそれを食べようとしている。

キミは、無数にある食べ物の中から、なぜカツ丼を選んだのか。

「それはあれですよ。ショーケースのサンプルをあれこれ見て、カツ丼に心を動かされたからですよ」

なぜカツ丼に心を動かされたのか。

「それはあれですよ。朝、パンとコーヒーだけだったから、なにか重いものを食べたかったわけですよ」

重いものなら、カツライスという手もあったと思うが。

「もちろんカツライスも考えましたよ。でもなんとなくカツ丼のほうを」

そこなのだ、問題は。なぜカツライスではなく、カツ丼になったのか。

キミはその理由を「なんとなく」と答えた。

われわれ精神分析医は、その「なんとなく」を重要視する。

世人、周知のごとく、「カツ丼」と決定したのは意志の力である。

意志は無意識の代弁者であり、意識は無意識の表層である。

意識は、無意識という巨大な氷山の、水面にあらわれたほんの一角に過ぎない。

アゴに手をやって小腰をかがめ、カレーや天丼やラーメンなどのサンプルをひとわたり見回したあと、

「ウン。なんとなくカツ丼だな、きょうは」

と決断したキミの内部にうごめく、魂の暗黒の荒野の律動と、抑制と、リビドーと超自我の葛藤に、キミ自身は少しも気づいてはいない。

さあ、カツ丼を前にしたキミ。

カツ丼に至らざるを得なかったキミの魂の夜の闇に光を当ててみようではないか。

**カツ丼に至る病**

キミはいま、大きな重圧に苦しんではいないか。

具体的な事例は訊くまい。職場で、家庭で、あるいは将来の選択において、何らかの抑圧を感じているのではないか。

なぜなら、カツ丼は抑圧のシンボルだからである。

とりあえず、カツ丼のフタを取り去ってみよう。

キミはそこに、重苦しくたちこめる〝抑圧の構造〟を見るはずだ。

ここでは、すべてのものが、重苦しい抑圧に苦しんでいる。

コロモと油に幽閉されて苦悩するカツ内部の豚ロース肉。

卵とダシ汁という粘体にまとわりつかれて慟哭(どうこく)する主祭としてのカツ。

「とじる」という美名のもとに、表層一帯を泥濘化させざるを得なかった、卵とダシ汁の慚愧(ざんき)。

重苦しく濡れそぼったカツにのしかかられて懊悩(おうのう)する最下部構造としてのライス。

ここにあるすべてのものが抑圧され、塗炭の苦しみにあえいでいるのだ。

しかも、それらが苦悶するものたちの最後の希望の光を閉ざすかのように、丼のフタがかぶせられ、あたり一帯は暗黒の闇に閉ざされてしまっている。

トンカツ定食と比べてみると、その明暗はあまりにも明らかだ。

トンカツは、まっ白な皿の上で、明るい陽光を浴びながら、さわやかな五月の風に吹かれ、のびやかに、くったくなく、明るく乾いて展開している。

おお、その横には、すべての生物の希望の色、緑のキャベツとパセリさえ祝福の拍手を送っているではないか。

キミは、その明るさを嫌ったのだ。

湿潤と泥濘と暗黒を選んだのだ。

われわれはそこに、キミの病んだ魂の暗部をまざまざと見ることができる。

キミは、この、暗黒の闇の中で呻吟するものたちを、救出しようとしてカツ丼を選んだのだ。

なぜなら、カツ丼の摂食は、カツ丼の救出劇にほかならないからだ。

キミはまず、第一次抑圧としてのフタを取る。次に第二次抑圧としてのカツを少しずつ排除していって、最終的に最大の被抑圧者たるライスを救出するのである。

キミはこのドラマの中に、あるときは自己を仮託し、あるときは投影し、食欲という快感原則の緊張を少しずつ緩和させながら、抑圧された願望の偽装された充足を得ようとしているのである。

## うどん、そばに至る病

うどん、そばのたぐいを目の前にしたキミ。

キミは依存型の性格を脱却できないで、そのことに悩んではいないか。

いつまでも自立できない自分にいらだってはいないか。

うどん、そばの魅力は〝すする魅力〟である。

うどん、そばのたぐいを、すすらないで、箸の先で口の中に押しこんで食べると旨くないのは誰でも知っている事実である。

われわれ日本人は、スパゲティさえ、すすらずに食べるとおいしくない。すする魅力とは何か。

それは麺が唇を通過していくときの、擦過感の魅力にほかならない。

その擦過感が快感であることにほかならない。

うどんは、ぬめりながら唇を通過する擦過感を味わっているのであり、そばは、ザラつきながら唇を通過していく擦過感に陶酔しているのである。

そばのザラつきは、一種の「イボつき効果」となって、快感の増幅に寄与しているのである。

うどんやそばをすすりこむとき、うっとりと目を閉じている人が多いことを見逃してはならない。

麺好きの人とは、この擦過感（オーラル感覚）を愛好する人々のことである。

これらの人々は、その発達段階が「口唇性愛」の段階にとどまっていることを意味している。

麺類の吸入行為は、母親の乳房の吸入の代償行為なのだ。

いまキミがすすっている丼が、それを伏せるとまさに乳房そのものの形をしていることは、より象徴的にその事実を物語っている。

彼らは麺類をすすりつつ、口唇快感を味わっているのだ。そういう意味では、自慰行為であるということもできる。

日本そば屋の店内にあふれかえった客たちが、ズルズルと麺類をすすっている光景は、全員が自慰行為にふけっている光景としてとらえることもできるのである。

西洋で麺類のズルズルを禁止しているのは、自瀆を禁忌としているキリスト教的戒律の一環であることは言うまでもない。

もし、いまキミの目の前にある麺類が月見うどんであったならば、キミの他者依存的性向は、一層症状が重いと言わざるを得ない。

ツユの上には、卵が浮かんでいる。

シロミと、シロミに包まれた黄色いキミ。

キミはそのシロミとキミを、箸でツユの中に沈めようとはしなかったか。

そのことは、まさにキミの「胎内回帰願望」の代償行為そのものなのだ。

うどんのツユは母の羊水であり、卵のキミはキミなのだ。なぜならキミはキミだからだ。

## アジの開き定食に至る病

キミはデザイナーになろうとしているのではないか。

デザイナーになろうとする深層の意識の表象が、キミにアジの開きを選ばせたのだ。

アジの開きの形に注目してみよう。

その形は何かに似てはいないだろうか。

その形を抽象化するために、これを魚拓にとって、紙の上にうつしとってみよう。

そしてこれを、「ロールシャッハのテスト」のパターンとして見てみよう。

そうなのだ。

キミはそこに蝶の形を見出して驚くにちがいない。

なに？　蝶の形と見るには少し無理がある？

無理は承知でわたしは言っているのだ。

ロールシャッハは常に強引なのだ。

キミは無理にでも、アジの開きの魚拓に、蝶を見出さなければならない。

そうでないと、キミはデザイナーになれないことになる。

蝶だとなぜデザイナー志望なのか。

蝶はハナエ・モリである。

ハナエ・モリはデザイナーである。

このことによって、アジの開き→蝶→ハナエ・モリ→デザイナーの四段論法はゆるぎなく確立したのだ。

キミはアジの開きを選んだのではなく、無意識の深層で蝶を選んだのだ。蝶なのだ。キミはデザイナーになりたがっているのだ。

ロールシャッハのテストが、産業心理学の一環として、職業選択のテストとして利用されていることは、キミもよく知っているはずだ。

## カレーライスに至る病

キミはいま、解決のつかぬ大きな難局に直面して、そのことから逃れようとしてはいないか。

一時的な「緊急避難」をのぞんでいるのではないか。

カレーライスは混沌の象徴である。

カレーライスの盛りつけには、定形がなく、制約がなくタブーがない。

例えば、同じライス系のオムライスには、きちんとした定形がある。木の葉型に象り、それをうす焼き卵で覆い、その中央部に赤いケチャップを一条たらす。

冷やし中華の整然、うな重の頭部と尾部をぶっちがえにした均衡、日の丸弁当の画龍点睛、そうした制約からカレーライスは一切解き放たれている。

ライスの盛り方にも、カレーソースのかけ方にもルールはない。

そこには画然とした意匠への意志がなく、放恣だけがはびこっている。

カレーライスのこの〝混沌〟は、それを食べようとするとき更に加速される。

両者は掻き混ぜられ、混濁を余儀なくされたあと口に運ばれる。

カレーを食べるという行為は、自己自身をカオスの中へ混入させることである。

激辛カレーを例にとると、この事実は一層鮮明になる。

激辛カレーが、ときとして人を忘我、狂乱の境地に至らしめることはよく知られているところである。

キミは難局から一時的に逃避したいために、カレーによる狂乱、すなわちヒステリーの状態を得ようとしているのだ。

狂乱への願望は狂気へのあこがれであり、すなわちキミは、性格的に分裂性気質であることを表わしている。

キミの体型が痩せ型なのはそのためなのだ。

「クレッチマーの体格類型」によれば、痩せ型の人間は分裂性気質に分類されている。

キミはカレーによる狂乱によって、一時的な逃避を試みようとしているのだ。

その狂乱からの覚醒をうながすものが水と福神漬である。

特に福神漬は、神の救済であり、神の仲裁でもある。

すなわち福神漬は「神の福音」である。

福神漬の「神」と「福」の字は、実はそのことを表わしているのである。

## 納豆定食に至る病

キミは自分では気づいていないかもしれないが、キミはマゾヒズムの傾向がある。

そのことは次第に明らかになっていくが、まずキミはあまりに几帳面すぎはしないか。

秩序を重んじ、物ごとを堅苦しく考え、対人関係もぎこちない。

融通が利かず、頑固で、事物に熱中しやすく、一度やり始めたことは粘り強くやりぬく。

正義感が強く義理がたいはずだ。

納豆の最大の特質は、〝粘る〟ということである。

納豆の好きな人は、その粘りの部分を好む。

納豆を嫌う人は、その粘りの部分を嫌う。

納豆そのものは好きだが、粘るところが嫌いだという人は多い。

こういう人は、納豆を水で洗って粘りを取り去り、サラダといっしょに食べたりする。

人間は本質において、粘体（粘るもの）を嫌う。

粘体を嫌う人のほうがむしろ健康であると言える。

塗料、ノリ、粘着テープなどが指についたりすると、人はあわててそれを取り除こうとする。

なぜ人間は粘体を嫌うか。

サルトルの論法で言えば、「粘体は自由を疎外する」から、ということになる。指についたノリは、指の自由な行動を阻む。人間は常に自由であろうとする。自由を阻むものを嫌う。納豆は粘体そのものである。

納豆好きは、納豆そのものより、ネバのほうをことのほか好む。そういう意味ではキミはフェチシズムの傾向があると言える。

キミの粘り強い性格は、納豆の粘りに深い共感を覚え、そこに愛を感じる。そういう意味では、キミは一種の同性愛者であると言うこともできる。キミは納豆とホモなのだ。

納豆好きは、なぜか納豆の攪拌(かくはん)作業を好み、これに熱中する傾向がある。熱心に、粘り強く、いつまでも掻きまわしている。

粘体の執拗な抵抗にあいながら、これを排除しつつ、ともすれば〝捉われようとする自分〟に愉悦しているのである。

このときの納豆の攪拌は、キミにとって苦役であり、しかも自ら望んだ受難である。苦役への志願、不快を快感に転化し、昇華せしめ、そこに愉悦を呼び起こそうとするこれら一連の行為は、まさにマゾヒズムそのものと言ってよいであろう。

マゾとフェチとホモ。

キミはこの三つの業病にとりつかれているのだ。

## 親子丼に至る病

親子丼は、エディプス・コンプレックスそのものである。

エディプス・コンプレックスの絵とき、具現であると言ってもよい。キミはマザコンをいまだに脱しきっていないのだ。

母を愛するあまり父を憎んではいないか。

憎んだあと、いま、許そうとしているのではないか。

親子丼は、親としての鶏肉と、子としての卵から成りたっている。

親としての鶏肉には、父としての鶏肉と、母としての鶏肉とがある。

テーベの息子エディプスは、運命の糸にあやつられて、それとは知らず父王ライオスを殺し、母ヨカスと結婚し、そのため妻は縊死(いし)した。

この惨劇が、まさに親子丼の丼の中で行われているのだ。

見よ。父と母はこま切れとなって、その区別さえつかぬまま散乱している。

父はいずこ、母はいずこ、子はいずこ。

父を殺したのは誰だ。母を犯したのは誰だ。

母は父にまみれ、父は子にまみれ、子は母にまみれている。

近親相姦と、親殺しと、縊死と、鶏殺しという恐るべき惨劇の現場に、キミはいま立ち会っているのだ。

しかもそれを、食べてしまおうとしているのだ。

恐るべきカニバリズム。

佐川サンの例をまつまでもなく、カニバリズムは愛情の変型である。愛するものを同化させようとする願望である。

と同時に、ときとして憎悪と復讐の対象としても行われる。

そうなのだ。キミはいま、親子丼の鶏肉に母を求めているのだ。

と同時に、父を追い求めているのだ。

キミはいま何をしようとしているのか。

ああ、わたしには書くのもためらわれる。

キミはいま、母を犯し、父を殺し、近親相姦と殺人と、カニバリズムによる死体損壊の罪を犯そうとしているのだ。

その白昼夢を見ようとしているのだ。


（『アイウエオの陰謀』一九九八年）

# 夢混（ゆめこん）（夢の混浴）よ、いずこ

患者をベッドに横たえて心電図を取っている途中、突然、

「混」

と言い、

「浴」

と続けると心電図のグラフがピクンとはね上がることはよく知られている。

もちろん男性に限る話だが、そのぐらい混浴という言葉には大きな魅力がある。

にもかかわらず、現実に混浴を体験したことのある人は極めて少ない。

いや、絶無と言ってもいいかもしれない。

「絶滅したんだろうね、日本から混浴は」

「話にはときどき聞くんですがねえ」

と、いつものI青年とぼくはコーヒーを飲みながら嘆いていた。

混浴に関してはぼくらはこのようにすっかり諦めていたのだった。

いいですか、ぼくはいま、諦めていたのだった、と過去形で書いた。

ということは、これから先、諦めていたのだったが、という文脈をたどるということも考えられる。

たどることになるのか、ならないのか。

それはさておき、一般男性が思い描く混浴の実態とはどのようなものなのか。

現実はさておき、理想とする混浴像を心おきなく申し述べるとどういうことになるのか。

おじさんたちにその理想像を聞いてみよう。

「まず温泉。とにもかくにも温泉」

「そこに若い娘。できたらピチピチのね」

「あのね、この際できたらとか、そういう遠慮はいらないの。思いの丈(たけ)を思いきりぶちまけなさい」

「そのピチピチ娘が全裸。まっ裸。一糸まとわず。赤裸。すっぽんぽん」

「でもってね、意外に距離が問題なんだよね」

「距離?」

「その全裸娘との距離ね。いくら混浴でも、遥か五十メートル先に居られたんでは湯煙りに遮られて見えないも同然」

「じゃ、すぐ隣。全裸娘がすぐ隣でポチャポチャ」

「いいねぇ」

　ということになるのだが、これはあくまで理想像。

　混浴は実際にはないことはないのだろうが、あったとしても、と、話は急に現実味を帯びてくる。

「温泉というより山奥の湯治場ね」

「そういうところへリューマチ婆さんがヨタヨタ」

「いちおう全裸ね」

「その全裸婆さんがすぐ隣でポチャポチャ」

　多分、現実はそんなところだろう。

「そこんところを少しおまけしてさ。リューマチ婆さんからリューマチを取って、年ももう少しおまけして四十とか五十とかさ」

　とＩ青年に話しかける。

「はあはあ」

「そういうふうにランクを下げれば、日本にはこれだけ温泉があるのだから、混浴の温泉の一つや二つは……」

「ある、と」

「まるでダメだったとしても、山の温泉につかって、山菜料理を食べて、地元の酒も飲んで……」

「ダメ元でもいい、と」

ということで、われわれはダメ元で混浴温泉を目指すことになった。

秋田県の乳頭（にゅうとう）温泉郷というところで、ここには七軒ほどの旅館があり、そのうちの何軒かは、いちおう、ところどころ、ときによっては、うまくいくと、たまに、そういうような場面に出くわすこともないわけではない、というような情報をI青年が仕込んできたのだった。

混浴の温泉というと、誰もが都心から相当遠い鄙（ひな）びた田舎、ま、五時間や六時間はかかるところと考えがちだが、乳頭温泉郷は秋田新幹線で田沢湖駅まで三時間、そこからタクシーで二十分という近場だった。

そんな近場に混浴温泉があったのだ。

あれ？　混浴温泉があったのだ、なんて、つい断定的に書いてしまったが、このことはあとでちゃんと保証されるのだろうか、つい、書いてしまっただけで、保証はされないのだろうか。

それはさておき、十二月の田沢湖駅は雪の中。

乳頭温泉郷は更に深い雪の中。

これからのわれわれの行動はこうである。

いま時刻は午後一時。

まず「鶴の湯温泉」で入浴。

ここを一時間ほどで出て、次に「妙乃湯（たえのゆ）温泉」に入浴。

ここも一時間ほどで出て、次が「蟹場（がにば）温泉」。

なぜこうも目まぐるしく移動するかというと、なにしろ、うまくいくと、たまたま、ときによってはそういう場面に遭遇するかもしれないということであるから、遭遇しない場合を想定してこういう行動に出たというわけなのである。

まずは降りしきる雪の中、「鶴の湯温泉」へ。

「鶴の湯温泉」は古びた木造二階建ての建物で、まさに湯治場そのもの。

男女別の浴槽と大きな露天風呂とがあり、もちろん露天風呂へ。

露天風呂専用の、ほんとにもう脱ぐだけのためというような粗末な脱衣所があり、ここはきちんと「男」と「女」に分かれている。

いいですか、女用の脱衣所があるんですよ。

だが「女」の脱衣所に女の気配はない。

露天風呂はかなり大きく広く、形はいろいろに折れ曲がったり入り組んだりしている

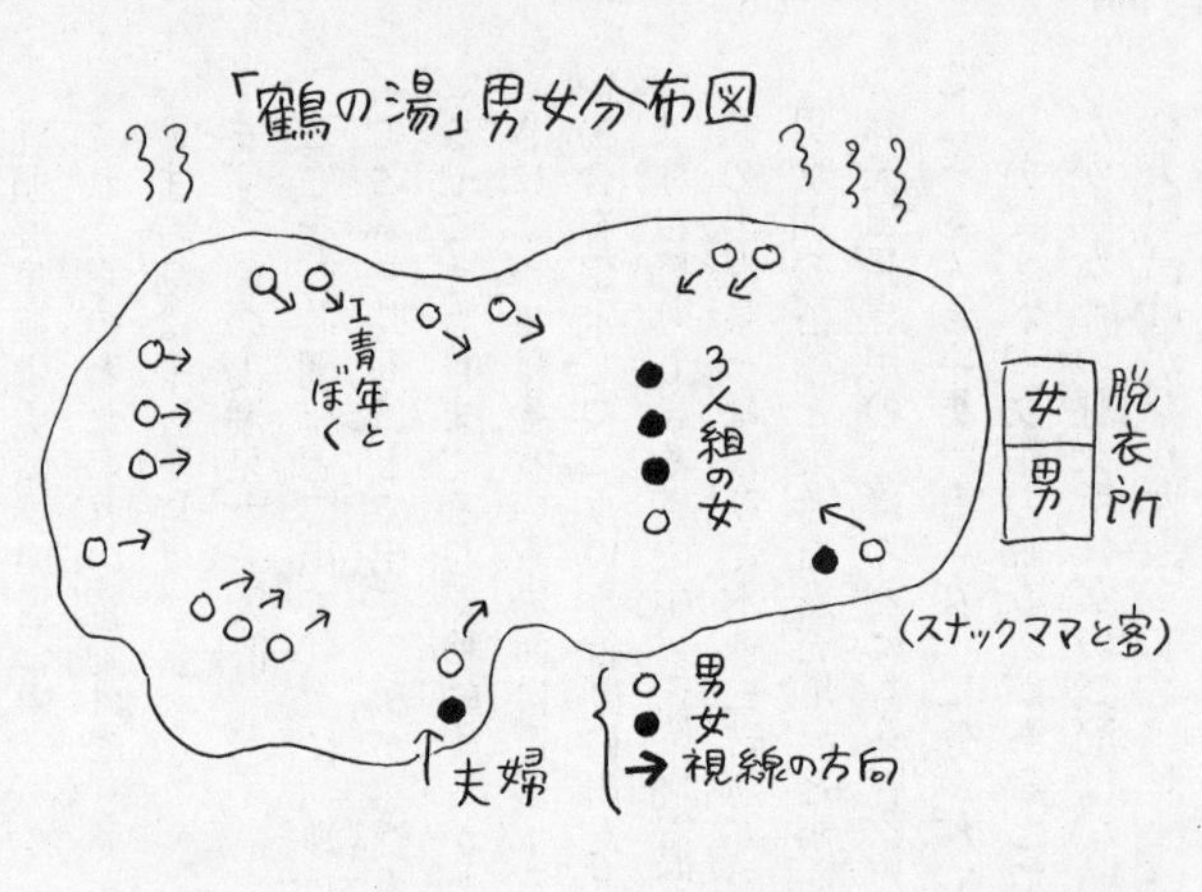


が、十畳間三つ分ぐらいの広さがある。

雪と湯煙りではっきりしないが、二十人ほどが入っているようだ。

浴槽の底はタイルではなく珍しい玉砂利である。

全員男、あー、やっぱり、と思いつつよく見ると岩陰のところに中年の男と中年の女がなぜかムッツリと入っている。

よくよく見るともう一組中年の男女。これまたムッツリ。

片っ方はどう見ても夫婦だが、もう片っ方はどう見てもスナックのママとその客。

あとは若い男の四人グループとか三人グループとか、なぜか若い男が多い。

こんな湯治場風の、うらぶれた温泉場になぜ若い男がくるのだろうか。

それもなぜかイケテナイ感じのメガネ男が多

いのはなぜだろうか。

これだけ大勢の男たちに取り囲まれては、真面目な妻もスナックのママもムッツリせざるをえないんだろうなあ。

「でも、まあ、混浴は混浴だよな」

「まったくダメというわけではなかったですしね」

と、じゃぶりと顔をタオルで拭（ぬぐ）ったそのとき、女の脱衣所のほうから賑（にぎ）やかな声がして、ここから先、一語一語、嚙みしめるように読んでくださいよ、三人の、若い女が、三人共若い女が、その三人共わりに美形で、その三人共わりに美形が、（ここから先はふつうに読んでいいです）人々の間を、胸元をきっちりタオルで巻いて、座り位置の姿勢で移動してきて、つまり胸元と水面の位置を崩さずに移動してきて、堂々、人々の真ん中のところに位置をしめたのであった。

そして堂々、

「アラ、この温泉の底、玉砂利だわ」

「アラ、ほんとジャリジャリして気持ちいー」

などと悪びれるところなくくつろいでいる。

このとき周りのイケテナイ感じのメガネ男たちが、なぜかいっせいにメガネを拭くのだった。

あー、ついに、あー到頭、あー、悲願、人生の最終段階で混浴の大願がいまここに達成されたのだ。

しかも若い娘たちによって達成されたのだった。

この娘たちには、ちょっとしたイケメンの男がついていて、娘たちと得意そうに会話を交わしたりしているのだが、そんなことはどうでもいい。おまえなんかに用はない。

若い美形の娘が三人、若い美形の娘三人と混浴、もうそれだけで充分。

十秒ぐらい周りの雪景色を見回し、チラッと一秒娘たちのほうを見る。

十秒ぐらい遠くの山を見つめ、チラッと一秒娘たちのほうを見る。

ほんとうはこの数秒が逆だといいのだが、十秒間娘たちをじっと見つめるというのはいくらなんでも世間的にまずい。

娘たちとの距離およそ六メートル。

ぼくのたった六メートル先に、三人の娘たちが入浴しているのだ。

人気歌手のコンサートなどで、ファンの人たちが、わたしたちはいま彼といっしょのホールにいる、いっしょの空気を吸っている、あー、なんという幸せ、なんてことをいうが、いまのぼくの心境はそれと同じだ。

ぼくはいま彼女たちと同じ湯船に入っている、同じ湯につかっている、空気なんかと全然ちがう、もっと濃密な湯、彼女たちのところと、ぼくのところを行き来している湯、彼女たちのあらゆる肌に触れた湯がこっちに来、ぼくのあらゆる肌に触れた湯があっちに行っているのだ。

あー、もうー、考えただけでも頭がクラクラする。

しばらくして彼女たちは引き上げて行った。

入ってきたときと同じ姿勢で移動して行って、ザバーと湯から上がった。

一人の娘のタオル地が薄かったので、湯から上がる一瞬、お尻の形がくっきりと浮き彫りになった。

湯船の中の誰もがその一瞬を見逃さなかった。

このあとの湯からの引き上げどきがむずかしい。

彼女たちが去ったらすぐに引き上げる、というのはいくらなんでもまずい。

それでなくてもフラフラしているのに、さらに三分、がまんしてから上がった。

もうこれで目的の大半は達成されたようなものなのだが、念を入れて計画どおり「妙乃湯」にタクシーで向かう。

「妙乃湯」は宿の前を流れる先達（せんだつ）川に面して湯船がつくられており、川には滝があってその雪景色が絶景とかで、女性に一番人気の混浴風呂なんですよ、というのがタクシーの運転手の説明だった。

もうこのあたりになると、混浴、という言葉にそれほど新鮮味はなくなっており、心電図を取られても多分波形に変化はないような気がする。

「妙乃湯」の混浴風呂は確かに雄大絶景だった。

先達川は川幅十メートルはある大きな川で、湯船は川を見下ろす位置にあり、川の向こうは雪また雪の山が連なる。

湯船の右が滝。

ぼくらが入っていくと、カップルが一組、こちらに背を向けて湯船につかって川を見下ろして動かない。

ぼくらはそこへザブザブと入っていったわけだが、入ってふと振り向くと、もう一つ小さな浴槽があって、そこに男が一人入っているのだった。

むずかしい顔をした五十ぐらいの男で、ぼくらが浴室へ入っていって振り向いて初めて気づいたぐらい、気配を消しているというか、じっと動かないでいるのだった。

ここでぼくらが入っていくまでのこの浴室内の情景を思い起こしてみよう。

混浴の大きいほうの湯船にカップル。

それに向かって小さな浴槽に入っている不動の男。

「あの不動の男の心情はどういうものだったんだろうね」

「温泉を楽しんでいるというより、カップルを監視しているという感じでしたね」

「カップルがちょっとでもヘンな行為をしたら飛び出して行って押しとどめようと」

「いや、むしろ、一刻も早くヘンなことをしてくれ、わたしはそれを楽しみにこうしてじっと待ってるんだ」

　Ｉ青年はときどきだが、こうした特異で卓抜な意見を発表する。

　この混浴もそれなりの収穫があったので最後の「蟹場温泉」に向かう。

　今夜はここへ泊まる予定。

　時刻は四時過ぎ。

　部屋でお茶など飲んでしばし休憩。

　卓上に出されている「乳頭まんじゅう」を食べる。

　ちゃんとおっぱいの形をしていて乳首は干しぶどう。

　なんだか急に寂しい思いになって饅頭を食べる。

　ここの露天風呂は宿から五十メートルほど離れていて、長靴を履き傘をさして湯に向かう。

　もう馴れっこになったが、どの温泉場もカップルだらけなのだ。

　乳頭温泉郷は混浴温泉場でもあるがカップル温泉場でもあったのだ。

「どういうことなのかなあ。女のほうが混浴温泉に入りたがるということなのかねえ。自分の裸を男たちに見せびらかしたい、とか」

「いや、そうではないと思います。カップルというものは誰しも、二人でいっしょにお

風呂に入りたいと思うんじゃないですか。ですからいっしょに入っている周りの人間はむしろ邪魔なんです」

またしてもI青年は卓越した意見を開陳するのであった。

それにしてもぼくのほうは、いつも邪悪でよこしまなことばかり思いつくなあ。

ここの混浴風呂は盛況だった。

ここにもイケテナイ男たちのグループが三組ばかりいて、それなりに賑やかだった。

カップルは一組。

湯船の一番隅っこのところに陣取っていて、これを遠巻きにしてイケテナイグループとイケテナイわれわれ。

つまり現代の混浴は、基本的にカップルで構成されていて、それをめぐる、というか、それの女のほうをめぐってイケテナイ男たちが集まってくる、というような図式になっているようだ。

ここのカップルはタチのよくないカップルだった。

タオルで胸元きっちりの女（顔はほどほど）が風呂のフチに腰かけ（つまり人々のほうを向き）、その女の前に男が立ち（つまりフリチン）、手で湯をすくっては女の体に振りかけ、「そんなにかけたらタオルが下がっちゃうでしょ」などと女がラチもないことを言い、これがえんえんと続き、それをイケテナイ男たちがときどきメガネを拭いたりしてはチラチラ見る、という光景が、降りしきる雪の中で展開されているのでありました。

（『微視的（ちまちま）お宝鑑定団』二〇一二年）

# 青春の辞典 PartⅠ

誰にも青春はあった。

もちろん、これから青春に突入する若者もいるであろう。

青春まっただ中、という青年もいるにちがいない。

そういう人たちは勝手に青春を謳歌していなさい。おじさんたちの知ったことじゃない。

とにかく、おじさんたちの青春は終ったのだ。

遠い過去のことなのだ。

遠い過去ではあるが、確実に青春はあった。

人それぞれに、それぞれの青春があった。

青春は噴火である。

芸術がバクハツであるように、青春はフンカなのだ。

いま、こうして死火山となって鎮まりかえるわが身から考えると、あれはまさにフンカであったと言わざるをえない。

過ぎ去ったものは美しい。

風雪が過去を美化してくれる。

美しいものだけが残り、美しい青春だけが残った。

いまわたくしは、美しく彩られたわが青春を回顧する年齢となった。

青春を彩る言葉にはどんなものがあるだろうか。

夢、希望、勇気、正義、無垢、真理、純潔、純愛、そして、ああ性欲。

性欲を語らずして青春を語ることはできない。

青春の入口に立って、一つ一つ胸ときめかせて出会った性に関する言葉の数々。

一つ一つが新鮮であり、驚きであり、謎を秘め、興味に満ち、嵐のような興奮を呼ぶものであった。

未知の世界に足を踏み入れる興奮と歓び。

あるときは勉学の途次、広辞苑を繰っていて不意に出くわした性に関する言葉。

広辞苑には性に関する言語が数かぎりなく埋まっている。

どこにどう埋まっているかはわからない。

勉学の徒にとって、広辞苑は地雷原のようなものだ。

どこでどう地雷に遭遇するかわからない。

出会ったが最後、そこで勉学は途切れる。

場合によっては長く途切れる。

芸術がバクハツであるように、青春はビンカンである。

わずかな気配にも敏感に反応する。

芸術がバクハツであるように、青春はリチギである。

それほど大した内容を含んでないものにも律儀に反応する。

またあるときは、勉学の途次、〝不意に〟ではなく、自ら求めて地雷に近づくこともあった。

まずいことに、辞書のたぐいには地雷に容易に近づける仕掛けがほどこしてある。

勉学の徒は容易に地雷に近づき、ビンカンに反応し、そしてまたそこで勉学は中断されるのである。

もちろん、いまとなっては広辞苑のこうした言葉にビンカンに反応することはない。きわめて冷静に、それら性に関する言葉を眺めることができる。

そうなって、改めて、

『あれらの言語に対して、辞書は一体どのような記述をしているのであろうか』

という興味が湧いてきたのである。

辞書は、とかく興奮しがちな勉学の徒に対し、それを制し、冷静に、そして正確に、その仕組や構造を解きあかしてやらなければならない。

広辞苑は、その後記で次のように述べている。

――本書は現代生活に必要なことばを過不足なく採録し、一語一語に的確簡明な定義を与え、併せてその語の歴史的な移り変り、意味・用法の広がりを説くことを主眼としている。

「現代生活に必要な言葉を過不足なく採録」と言明したからには、そうした言語、すなわち性に関する用語(用語でいいのかな)も、過不足なく採録してあるはずだ。

「あまりに下品な言葉だから」

とか、

「あまりに穢らわしいから」

といった理由で門前払いにするわけにはいかないのだ。

多分、ここのところが、辞書の編者の辛いところなのではないだろうか。

たとえば「金玉」という言葉がある。

金玉に対して、広辞苑はどのように対応しているのだろうか。

謹厳な人であれば、思わず顔をそむけたくなるような言葉だ。

「キミ、何てことを言うんだ」

と思わず激怒しても不思議ではない言葉である。

編者はそうもいかず、泣く泣く「金玉」について、「的確簡明」に、そして「歴史的な移り変り」について書き記さねばならないのだ。

「どうも汚ならしいヤツだから、嫌味の一つも書き加えてやろう」

などということは許されるものではない。

言うまでもなく、辞書の編者は学問を究めた人である。

これはわたくしの推測であるが、真面目な人が多いと思う。

謹厳、厳格、凜然、峻厳、人格高潔、秋霜烈日、そういうたぐいの人が、金玉について書かなければならないのだ。

泣く泣く書かなければならない。

厳正に、的確簡明に、私情をはさむことなく述べなければならないのだ。

謹厳、凜然の人が、ときには「淫水」などという、みだらでふしだらなことについて語らなければならないのだ。

金玉について、広辞苑はどのように述べているのだろうか。

きんたま【金玉】睾丸の俗称。

どうもなんだか扱いが冷たい。

明らかに冷遇している。

あまりに的確簡明に過ぎはしないか。

嫌々書いているのがみえみえである。

では睾丸はどうか。

こうがん【睾丸】哺乳類の精巣の別称。陰嚢中にあって精子の形成および男性ホルモン（テストステロン）の分泌を営む二個の卵円形生殖腺。きんたま。

なんだか急に生き生きとして、はりきって詳述している様子がうかがえる。

少なくともきんたまより睾丸のほうに好意を持っている感じがする。

明らかに私情をはさんでいると言っていい。

こうなってくると、今回のわたくしのこの企画は大いに意味あるものとなってくるのだ。

すなわち、辞書の編者たちは、すべての言語に平等に対応しているのかどうか。

私情をはさんだりしてはいないのか。

卑しい言葉だからといって差別などしていないのか。

辞書の編者はすべての言語に対して平等であるはずだ、というのは実は神話ではないのか。

これまで誰一人としてそのことを検証した人はいない。

辞書に性差別はないのか。

わたくしは大いなる使命感をもって、これらについて一つ一つ検証していきたいと思う。

大冊の辞書の中から「性に関する言葉」を一つ一つ拾い上げていくのは大変な作業である。

また〝性に関する〟という線引きもまたむずかしい作業だ。

たとえば「乳首」は性に関する言葉として取り上げるべきか、否か。

医学用語としての言葉であるような気もするし、育児に関する用語としても使われるような気もする。

ただ、青春という、とてもビンカンでリチギな青年にとっては、そっちのほうの解釈に持っていきたいところであろう。

そのあたりのことも考慮しつつ、しかし厳正な目を失わず、しかし青年への配慮も考慮しつつ、この世紀の大作業にとりかかろうと思う。

（㊜は広辞苑。㊢は新明解国語辞典）

「あ」の部　←　←

あいいん【愛飲】　好んで飲むこと。「辛口の酒を—する」㊜

いきなり線引きのむずかしい言葉が出てきて

しまった。

広辞苑の言うとおり、まさに（辛口の酒を―する）というふうに、ごく普通の言葉である。（普通、でいいのかな）

コーヒーを愛飲する、牛乳を愛飲する、何の奇異があろうか。

だが青年はそうはいかない。

なにしろ律儀で敏感――であるから、何とかしてそっちのほうへ持っていきたかろう。

わたくしとしても持ってってあげたい。

だが公平な立場に立ってみれば、広辞苑のこの記述が精一杯であることもよくわかるのである。

あいえき【愛液】
残念ながらこの言葉はどの辞書にも載っていない。
あまりにいやらしいということなのだろうか。
愛液は巷にあふれている。
ごく普通の小説を読んでも、愛液はごく普通に出てくる。
いくらでも出てくる。
だが辞書当局は、この言葉がまだ市民権を得ていないと断じたのだ。

というより、この言葉が嫌いなのだ。

われわれの立場から考えると、何の奇異も感じられない言葉であるが、編者たちにとっては許しがたい穢らわしい言葉なのだろう。

だからあえて排除したのだ。

このように、早くも〝編者は言語に対して平等でない〞事実が判明したことになる。

辞書に代わって、わたくしがその解釈をすることにしよう。『あいえき【愛液】愛するがゆえに出る液体。』

あいぶ【愛撫】なでさすってかわいがること。㊛
確かにそのとおりではあるが、なんだか奥歯にひっかかるものがある。
それだけではあるまいッ、と思わず机をたたきたくなるところがある。
本音を言えッ、本音を。

あいよく【愛欲】異性に対する強い性愛の欲望。㊐
無難な解釈である。
ただ、(強い)という部分はどうだろう。
別に(強く)なくてもいいのではないか。

（異性に対する性愛の欲望）、これだけで充分ではないか。（強い）というのは、編者の個人的な志向ではないのか。

辞書には、人の気がつかない、こうした個人的な志向が意外に入っているものなのだ。

われわれはこうした不正を充分に監視していかなければならない。

あえぐ【喘ぐ】　せわしく呼吸する。荒い息づかいをする。㊧

どうもなんだかじれったい。

そんなことはわかっているのだ。

どうしてそうなったかが問題なのだ。

あさだち【朝立ち】　朝早く出発すること。㊊

嫌らしいまでの無視の仕方ではないか。

知らんぷりとはこのことを言うのだ。

ここまでしらじらしい態度をとる人たちだということをいままで知らなかった。

新明解国語辞典は、そのあとがきの中で、

――（本書は）重要語を選定するに当たり、その基準を次の二点に置いた。

第一に、外界を構成する事物や現象、また、その属性、及び人間の精神的・肉体的諸活動や情意などの基本的な概念を表わす語であって、我われが認識・思考・伝達などを営む上で欠かせないものである——

朝立ちは、〝人間の肉体的諸活動〟ではないというのか。

諸活動だろーが。

まさに活動中だろーが。

**あそこ【彼所】**〔相手も承知している〕あの場所。㊕
そうくるだろうと思った。
あっちへ持っていくには無理があるとは思っていた。
だが、もう少し、暖い目をあそこにも向けてやってほしかった。

**あな【穴】**　くぼんだ所。または、向うまで突き抜けた所。㊣
そうくるだろうと思った。
だが、もう少し、暖い目を穴全体に向けてほしかった。

「い」の部

**いく【行く】**「ゆく」と同義。

**ゆく【行く】**（奈良・平安時代からイクと併存。）現在いる地点から出発して向うの方へ進行・移動する。㊛

つけ入るスキを見せない。

守りはかたいようだ。

かかわりたくないらしい。

**いちもつ【一物】**「持っているが、見せられない物」の意で、陰茎の異称。㊐

若いころ、こういう文字を発見してもあんまり興奮しなかった記憶がある。

総じて、自分の持ち物に関する言葉では興奮しない傾向があった。

異性の持ち物については別の話である。

**いれる【入れる】**　外から、ある限られた範囲内へ移す。中におさめる。㊛

いまはもうそんなことはないが、勉学の徒であったころは、これだけでもう充分興奮した。

若いころは、想像力もまた旺盛であった。〝外から〟でまず興奮し、〝ある限られた範囲内〟で興奮し、〝中におさめる〟で興奮はその極に達した。

そうして勉学は中断となった。

もうほんとに何でもない〝入れる〟だけでこのぐらいの大ごとになったのである。

いんけい【陰茎】 男子の外部生殖器。陰茎根・陰茎体・亀頭から成り、表面皮膚で包まれ内部に海綿体をもち尿道がつらぬく。男根。陽物。㊣
自分の持ち物についてる説明してもらっても、面白くも何ともないのであった。

いんしん【陰唇】 女子外部生殖器の一部。尿道と膣（ちつ）の出口を左右からかこむ襞（ひだ）。外側の皮膚の襞を大陰唇、内側の粘膜の襞を小陰唇という。㊣

ついに大物登場である。

なにしろ大物であるから、もう最初から終りまで興奮につぐ興奮であった。

〝外部生殖器〟でクラクラとなった。

〝尿道〟で目まいがした。

〝膣〟に至ってはもう気を失うほどだった。

〝出口〟だけでも充分興奮するのであった。

〝左右から〟は、様子はよくわからないのだが〝大変なことになっている〟というふう

に考えて興奮した。

〝かこむ〟も、実際のところはよくわからないが〝ただごとでない複雑な状況〟であると推察して興奮した。

〝襞〟のところでは「ああ」と叫んでがっくりと首をうなだれるのであった。

〝大陰唇〟は、のぼせてその文字がかすんで見えた。

そんな、大だなんて、よくもまあそんなことが言えるものだ、大きい、とか、小さい、とか、と、恥ずかしさに両手で顔をおおって突っぷすのであった。

いんぶ【陰部】　外から見て区別のつく、男女の生殖器。㊐

大陰唇に比べたら、その興奮度はかなり低い。強いて興奮するとすれば〝外から見て〟のところであろうか。

そんな、外から見たりしていいのか。そういうことしちゃいけないいんじゃないか、と、そういう興奮の仕方をしたものである。

**インポテンツ**〔ド Impotenz〕男子の生殖器が萎縮して、性行為がうまく出来ない状態。陰萎。㊐
こっちはそれどころじゃないんだッ、と、はげしく辞書を閉じるのであった。

**いんもん【陰門】**　女子生殖器の外陰部。尿道・膣の外口およびその周囲を総称し、大陰唇・小陰唇・陰核・膣前庭から成る。㊛

陰門なんて小物だ、と思っていたのだが意外な大物であった。

陰核にはほとほと参った。これだけで充分参った。

それなのに、そこに大陰唇、小陰唇、膣前庭といった大物がぞろぞろ顔を並べているのである。

前庭というのはよくわからないが、要するにお庭だな、しかしお庭というからにはけっこう広い場所ということになるな、そんな広い場所があそこにあるのか、でも〝周囲〟という言い方をしているわけだからそれなりに広いというわけだよな、〝総称〟という言い方もなんだかすごいな、と、ふだん使っている使い方であれば何でもない〝周囲〟とか〝総称〟という言葉にさえ動揺し、興奮してしまうのであった。

（『もっとコロッケな日本語を』二〇〇六年）

# 青春の辞典 PartⅡ

その昔、アメリカの上院議員にマッカーシーという人がいて、「赤狩り」ということを行った。

「赤狩り」というのは、アメリカ国内の隠れた共産主義者を狩り出して糾弾しようという試みである。

今般、わたくしが行っているこの試みもそれに少し似ている。

辞書の赤狩り、辞書内部に潜んでいる性に関する用語のあぶり出しである。

だが、あぶり出して糾弾しようとしているわけではない。

かといって、救出しようとしているわけでもない。

彼らは窮状にあえいでいるわけでもないし、その身の上を恥じているわけでもない。

彼らは何ら恥じることなく、堂々と他の言語たちと肩を並べている。

わたくしがこの企画でやろうとしていることは検証である。

彼らは少しも恥じてはいないが、彼らを紹介する編者たちが恥じてはいないか。

恥じるあまり冷静さを失ってはいないか。

動揺して正確さを失っていないか。

性的表現には下品につながるものが少なくない。

編者たちは優れた教養人である。

教養人は上品を好む。

上品を好んで下品を嫌悪しがちだ。

そこに差別が生まれるのではないか。

言語に身分の上下はないのだ。

言語に性差別があってはならないというのがわたくしの信念である。

また逆に、編者の中に〝好きもの〟がいる場合も考えられる。

坊主とか警官とか学者などに好きものが少なくないことはよく知られていることである。

こういう人たちは当然、性的表現を好む。

そこにエコヒイキが生まれはしないか。

エコヒイキをして優遇したりすることはないか。

優遇はいけない。

言語は常に平等でなければならない。

言語に私情をはさんではならないというのがわたくしの信念である。

もし広辞苑に性差別があるならば、これは当然糾弾しなければならない。

新明解国語辞典に私情をはさんだ部分があるならば、公正で正しい表現に改訂させなければならない。

そういうことを一語一語、検証していくのがわたくしの今回の試みなのだ。

検証は「あいうえお」順で行われており、前回は「いの部」までの検証を終了したのであるが、不覚にも大物を一語見逃していたので、今回はその大物から検証していくことにする。

(㊖は広辞苑)

その大物とは陰核である。

いんかく【陰核】　女性の尿道出口の前方にある小突起。男性の陰茎に相当するが、きわめて小さく、尿道につらぬかれていない。性的興奮により充血し勃起する。㊫

〔検証〕読んでいて、どうもなんだか編者の嗜好がかなり入っているような気がしてならない。

どこの部分がどのように、と、言われると困るのだが、なんか、こう、楽しんで書いているような気がしてならない。

それに、「出口の前方」という表現は正しいのだろうか。

いま改めて、専門の医学書を取り出してきて眺めて見たのだが、それを見ても「出口の前方」ではなく「出口の上部」としたほうが正しいような気がする。

「性的興奮により充血し勃起する」という表現もくどすぎはしないか。勃起が充血によって起こることは誰でも知っているわけだから、「充血」は要らないと思う。

「つらぬかれている」という表現は、少し〝文学〟が入っていはしないか。

要するに陰核は陰茎と違って、〝水まわり〟の施設ではなく、そこから水は出ないということを言おうとしているのだと思うが、「つらぬく」はちょっと表現が強すぎるような気がする。

この施設によって引き起こされる「快感」についても一言、言及してほしかった。

「う」の部

うの部は〝赤狩り〟の対象となる言葉が非常に少ない。皆無といってもいいくらいだ。辞書の「うの部」はめくってもめくっても収穫がない。

何とかしてそれらしいのを見つけ、何とかしてそっちのほうへ持っていくしかない。

**うずく【疼く】**　ずきずき痛む。「傷が―・く」「胸が―・く」㊖

〔検証〕強引にこっちへ持ってきたものの、どうにかなるのだろうか。

人体のうずくところは胸の他にもあるだろうが、と、言いがかりをつけたところでどうにもならないか。

「え」の部

この部も不毛地帯である。

やっと一個見つけたが小物である。

**エッチ【H・h】**　①アルファベットの八番目の文字。②水素の元素記号。③（hardの略）鉛筆の芯の硬さを表す符号。……⑧（「変態」のローマ字書き hentai の略）性に

関する言動が露骨なさま。㊛

〔検証〕最後になっていやいや、ようやく出してきた、という感がある。

外務省がやっと資料を提出した、というのに似ている。

だが、世にいうヘンタイの実態とちょっと違うように思う。

しもがかった話、いやらしい人、という新明解の解釈のほうをとりたい。

「お」の部

おの部は収穫ゼロである。

無いところには無い、ということがよくわかった。

だがこの「無い」は表向きの「無い」なのだ。

実はあるのだ。

斯界（しかい）の超大物が、実はこの「おの部」には潜んでいるのだ。
　でも誰もそのことに触れることはできない。
　口に出して言うこともできない。
　男性ならば、誰もが生涯に必ず一度は引いてみたはずだ、という超大物である。
　引いてはみたけれど載ってなかった、というほろ苦い経験を持つという大御所である。
　四文字である、としか言えない。

「か」の部

かいかん【快感】　こころよい感じ。「―を味わう」㊛
〔検証〕それはわかる。
わかるがもう少しなんとかならないか。
腹を割って話し合おうじゃないの。
ぶっちゃけた話をしようじゃないの。

かく【掻く】　①爪またはそれに形の似た道具類で物の面をこする。……①―2田を耕す。①―3熊手などでかきよせる。……③手その他の物を、すりまわすようにして動かす。㊛

〔検証〕われわれの時代は「かいてはいけない」時代だった。

そのことに罪の意識があった。

だから「かく」のところをずうっと読んでいって③のところにくるとハッとしたものだった。

そうして深く恥じ入るのだった。

「き」の部

ここもかなり不毛の地である。

全部で三個しかない。

三個ではあるが大物ばかりだ。

一個は【金玉】である。

かなりの大物であるが前回のところですでに検証してあるので今回は略す。

二個目は……。

きょくぶ【局部】①全体のうちのある一部分。局所。②陰部に同じ。㊘
〔検証〕局部というのは、一見〝赤狩り〟の対象になるような言葉には見えない。
だがこの言葉には何か不思議な興奮を呼び起こす力がある。

若人に、奥深くて広がりのある想像を惹起させるところがある。

さり気なくふるまってはいるが、隠然たる実力者なのである。（何の実力だ？）

表向きはさり気ない風をよそおいながら、突然、陰部としての風貌をあらわす。

局部と言ってるけど実は陰部です、と平然と言うところがある。

新明解では、（からだの組織の一部分）と出ている。

（からだの組織の一部分）は、人体の至るところがそうだ。

人体の至るところがそうなのに、なぜ陰部に限定されるに至ったのか。

わたくしはその成立過程をぜひ知りたい。

なぜだかわからないが、わたくしは思春期のころ、この「局部」にやたらに興奮した覚えがある。

そして三個目は……。

ぎょくもん【玉門】①玉で飾った立派な門。②陰門の異称。㊛

〔検証〕これはわたくしだけの経験かもしれないが、思春期のころ「門」によわかった。

「門」と聞いただけで興奮したものだった。

「門」に何か底知れぬ奥深いものを感じた。

妖しく蠢（うごめ）く未知のもの、それが門だった。

門といえば門構えという言葉が浮かび、一体そのものはどんな門構えなのか、本当に構えているのか、構えているとしたらどのように構えているのか、その構えを想像しただけで目の眩むような思いをするのだった。

玉門当局はかなりの策略家である。

簡潔に①玉で飾った立派な門。②陰門の異称。としか言わない。

綺麗事しか言わないのだ。

（陰門の異称）とあれば、血気にはやった青年は当然陰門を引く。

するとそこに、

いんもん【陰門】女子生殖器の外陰部。尿道・膣の外口およびその周辺を総称し、大陰唇・小陰唇・陰核・膣前庭から成る。(広)

という、斯界の大御所勢揃いの盛況を発見することになるのだ。

すなわち玉門当局は、そうしたはしたない言葉を自分で言うのを避け、手下の陰門（手下かどうかは定かでないが）に言わせているのである。

**クリトリス【clitoris】** 陰核。㊖
〔検証〕われわれが思春期のころは、この用語はまだ世の中にデビューしていなかった。昭和三十五年に発行されてベストセラーになった『性生活の知恵』（謝国権著）にも、クリトリスという言葉は出てこない。
陰核で済ませている。（済ませている、でいいのかな）
性の解放はいまだ遠い時代であった。

「こ」の部

**こうせつ【交接】** ①まじわり近づくこと。②性交。交尾。㊖

〔検証〕そういうわけなので、性に関する用語はきわめて少なかった。払底していたのである。

思春期の少年は、数少ない用語を追い求めることにならざるをえない。だからこんな「交接」などという実力のない言葉でも発見すると嬉しかったのだ。

（まじわり近づく）だけで様々に想像し、充分に興奮するのだった。

（交尾）でさえ少し興奮したのである。

物のなかった時代であり、性情報もまた不足していたのであった。

## 「し」の部

しょじょ【処女】未婚の女。まだ男性に接しない女性。きむすめ。㊜

〔検証〕接しない、とはどういうことか。接する、とはどういうことか。いまどき、接する、とか、接しない、とか、そういう表現でいいのか。本音を言いなさい、本音を。

言いたくない、避けてる、見逃してやってほしい、そういう思いが見え見えではないか。

冒頭でわたくしが憂慮したとおり、編者はあきらかに恥じている。恥じて動揺して、正確な表現を避けているのだ。やはりこのことは糾弾されなければならない。新明解のほうはどうなっているのか。

しょじょ【処女】〔嫁に行かず、家にいる女性の意〕成年に達した女性が、性的経験をまだ持たないこと。

そうなのだ。性的経験と言えばいいのに、え？ 何だって？ 接しない？ 猛省をうながして次に移る。

しょじょまく【処女膜】 処女の膣口にある膜。㋩広

〔検証〕何て懐かしい言葉であろうか。

そして、その昔、何て激しく興奮した言葉であろうか。

陰核、大陰唇クラスの大御所であった。

陰核、大陰唇、処女膜と並ぶと、三役揃い踏みという観があったものだった。

「せ」の部

せいこう【性交】 男女の性的な交わり。交接。媾合。房事。㋩広

〔検証〕何というお役所的な解答であろうか。

もう少し血の通った答えができないものか。

あんまり深入りしたくない、という態度が見え見えである。

新明解のほうは、

せいこう【性交】 成熟した男女が時を置いて性的な欲望を満たすために肉体的に結合すること。

となっている。

このほうが人間味にあふれているということができるが、人間味にあふれすぎてはいないか。

「時を置いて」とはどういうことなのか。

時を置かない人だっているではないか。

たぶん、これは編者が自分をかえりみてこう表現したのだと思う。

すなわち私情が入った、ということになり、公正が失われたということになり、糾弾されなければならないということになる。

つい軽はずみにこういう試みを始めてしまったが、やはりこれはかなりの難事業である。

部厚い広辞苑を一ページ、一ページめくり、性に関する言葉を探していくのだ。

手間もヒマも充分にかかっている。

性に関する言葉はそうめったにあるものではない。

あれば嬉しく、無ければ虚しい。ひたすら虚しい。

しかし、賽は投げられてしまったのだ。

投げ続けるよりほかはないのだ。

（『もっとコロッケな日本語を』二〇〇六年）

# 青春の辞典 PartⅢ

無謀にも始めてしまったこの大事業も、いよいよ最終回を迎えた。

あ行から始まり、前回はさ行「せ」の部途中までの検証を終了した。

やってみてわかったことだが、これはかなりの難事業である。

今回、わたくしが行ってきたこの事業の基本は発掘である。

辞書という山野の、どこに埋もれているのかもわからぬ鉱脈（性的用語）を、手探りで掘り出す作業である。

いまは様々の大がかりな機械によって、この地面の下に鉱脈があるのかないのか、あるとすればどのぐらいの深さにあるのか、そうしたことがたちどころにわかる。

わたくしは、そうした機器を一切持たない。

手掘りである。

辞書を一ページ一ページ、手でめくってページのハシからハシまで目を走らせる。

無くてあたりまえである。

一国の辞書が、性的表現に満ちあふれているなどということはありえないのだ。

ただ、豊作地帯というのはある。

石油に油田地帯があるように、この辺にはたくさん埋まっているはずだというゾーンはある。

たとえば「性」という言葉が埋まっている地帯。

その周辺にはその関連用語がたくさん埋まっている。

そういうところを掘り当てたときは嬉しい。

続々出てきたときはぞくぞくする。

何ページも何ページも出てこないときは切ない。

このようにこの事業には、喜びもあった。悲しみもあった。

せいよく【性欲】 男女両性間における肉体的な欲望。㊛
〔検証〕もちろんそういうことであろう。
だけど、いくらなんでもこれでは言い足りないのではないか。
性欲は、人間が生きていくうえでの基本的な大問題である。
もう少し当人の気持になった、親身な解答があってしかるべきではないか。

当人は切実な問題として、すがりつくような思いで辞書を引いているのだから、それに見合った表現、一歩踏みこんだ解答をしてあげるべきではないのか。

人生相談までしろとは言わないが、これではあまりに木で鼻をくったような政治答弁と言わざるをえない。

人生の重大事を、たった一行で済まそうとする態度はいかがなものか。

せめて三行、このぐらいはついやすべきではないのか。

新明解のほうはどうなっているかというと、

〔男女間の肉体的欲望〕

となっていて、やはり一行で済ましている。

辞書当局は、この問題には深入りしたくないと見た。

**せっぷん【接吻】** 相手の唇・頰・手などに唇を触れて吸い、愛情・尊敬を表すこと。くちづけ。くちすい。㊄

〔検証〕若いころは、接吻と言えば、それはもう愛情の表現というより、〔性的欲望の表現の一種。性交へとつながっていくための第一歩〕

というふうに理解していたのだが、さすが広辞苑、そうした鼻息を荒くしている青年をたしなめるように、〔愛情〕と〔尊敬〕という言葉を用いている。

ることはある。

この接吻には確かに〔尊敬〕の意味が含まれていると思う。

だが広辞苑は、接吻の定義に、〔触れて吸い〕と、〔吸い〕を規定している。

一国の首脳同士が、抱き合って吸うまでいくか？

吸い合ったりするか？

新明解のほうはどうか。

〔（親愛・尊敬の気持などを表わすために）自分の唇を相手の顔・手などにつけること〕

となっており、広辞苑の誤りにいちはやく気づいたらしく、〔吸い〕を取り去っている。

せんずり　手淫。「――を掻く」㊖
〔検証〕この用語は載ってないと思っていた。
当然問答無用の門前払いだと思っていた。
広辞苑はこうしたきわどい用語のほとんどを不採用としている。
教育的見地とか、青少年に与える影響なども考えなければならない立場にあるし、こうした言葉を児童がみだりに用いることを憂える立場でもある。

そうした苦境にありながら、どうしてもこの語は載せたかったのだと思う。

辞書にエコヒイキがあってはならないということをわたくしは前回書いたが、やはりエコヒイキはあったのだ。

多分、この語を愛好してやまない編者がいて、多数派の反対を押し切ったのだと思う。

そうした論争をのりこえて、(―を掻く)とまで言ってくださった大英断に感謝したい。

ちなみに新明解のほうは門前払いである。


**そうにゅう【挿入】** さし入れること。さしこむこと。㊖

〔検証〕この語はこっち方面の専門用語ではない。

ごく日常的に用いられる何気ない言葉なのだが、思春期の青少年にとっては臨場感あふれる専門用語として捉えられていた。

〔さし入れる〕、ああ、なんてことを言うのか、と、生々しい光景を胸に描き、〔さしこむこと〕、ああ、もう、ダメ、生々しすぎる、と、身もだえる。

さし入れる、とか、さしこむ、とか、そうにゅうことを言っていいのか、と、天を仰ぐ。

わたくし自身にも、そうにゅ記憶がある。

「た行」の部

たいい【体位】①身体の位置。姿勢。「―が傾いている」②体格・健康の程度。「―向上」㊝

〔検証〕われわれの思春期は、奈良林祥氏の『HOW TO SEX』や謝国権氏の『性生活の知恵』が大ベストセラーとなった時期と一致する。

したがってわたくしどもは、これらの本を熟読玩味することになる。

これらの本は、性交の体位（態位）を、写真やデッサン用の人形を使って徹底的に追求した本である。

これらの本でわたくしは前戯というものの大切さを学んだ。

前戯なき性交がいかに女性に苦痛を与えるかということを前もって学んだ。

当然、前戯を辞書で引くことになる。

するとそこには、

ぜんぎ【前議】前にとなえた議論。前の議論。㊝

という字句がしらじらしく展開しているばかりで、われわれの切実な疑問には答えてくれないのである。

ここでも前戯は門前払いなのであった。戯という字がふざけているので、そこのところが気に障ったのだろうか。

そういうわけで、われわれは、体位と言えば当然そっちのほうの体位という先入観があった。

その点は確かにわれわれの落度ではある。だが、切実な学究の徒が、勢いこんで〔体位〕を引いたのに、この態度はないだろう。

次の改訂版あたりで、ぜひ、そっちのほうの体位もあるんだよ、ということを全国の青少年に教えてやってほしい。

**ちつ【膣・腟】** 哺乳類の雌性外部生殖器の一部。交接器と分娩道を兼ねる拡張性に富む粘膜性・筋肉性の管で、上方は子宮に連なり、下方は外陰部に開口。㊘

〔検証〕日本の男性で、思春期にこの言葉を辞書で引かなかった人は一人もいないと断言できる。
そのくらい、膣は青少年の憧れであり青春のシンボルであった。
また、今回のわたくしのこの事業の白眉と言ってもいいと思う。
日本の全青少年がこぞって引き、期待にたがわぬその記述に満足し、胸をなでおろしたはずなのだ。
記述を一つ一つ検証していこう。
〔雌性外部生殖器の一部〕という記述に、全国の青少年はいっせいに「うーム」と唸り、「だろうなあ」とつぶやいたに違いない。
〔兼ねる〕という記述に、「そうか、やはり兼ねていたか」と感心し、
〔拡張性に富む〕という記述に「だろうなあ」と再び唸り、
〔管〕
というところでなぜか急に興奮し、
〔下方は外陰部〕
で更に興奮し、
〔開口〕

で興奮はその極に達するのであった。

（であった）などと、つい自分の経験を語ってしまったが、全国の青少年もまた同様であったにちがいない。

そうして、まだ見ぬ憧れの物件のおよその形状を把握し、とりあえず胸をなでおろすのであった。

そしてちつに「膣」と「腟」の二種類の字があることを知り、学術的興味も満足させると共に、

「ぼくはどっちかと言えば、腟より膣の字のほうが好きだな」

などとつぶやき、あまりにちつちつと連呼したがために更に興奮してしまうのであった。

ちゅうそう【抽送】

〔検証〕最初に断っておくが、この語はどの辞書にも載っていない。

いかにも昔からあったような言葉だが実は造語なのである。

かつて川上宗薫という大流行作家がいて、いわゆるそっちのほうの小説の超大家であった。

その川上宗薫氏が頻繁に使ったのが抽送という言葉である。

わたくしは川上氏の小説の大ファンで、その小説の中に抽送という言葉が出てくるたびに大変興奮したものだった。

抽送は、いわゆる〔出し入れ〕を表現する言葉である。

臨場感にあふれ、運動感にあふれ、いかにもそのものとそのものがこすれあいながら出し入れされるさまが、目のあたりに浮かんでくるのであった。

抽送の抽は、抽き出しの抽きで、広辞苑を引くと、引き出すこと。抜き出すこと。

と出ている。

川上氏は、

「引き出したり抜き出したりばかりではいけない。送り込むほうのことも考えなくてはいけない」

と考えたにちがいない。

そこで〔送〕を下につけて〔抽〕となったのではないか。

とても良い言葉だと思うので、そろそろ広辞苑も採用を考えてみてはどうだろう。のちの日本の文学のためにも、ぜひ定着させたい言葉である。

「な行」の部

にくかん【肉感】①肉体に起る感じ。②性欲にうったえる感じ。㊛

〔検証〕これまでのわたくしの立場とまったく逆になることを承知の上で言うのだが、肉感という言葉に性欲というものまで持ち込んでいいのだろうか。

単に〔ナイスバディ〕ということでいいのではないか。

わたくしとしては、①の〔肉体に起る感じ〕だけで充分である。

性欲まで持ち出すのは行きすぎだと思う。

ここで性欲を持ち出すくらいなら、先述の〔性欲〕のところで、なぜ〔肉体的な欲望〕だけにとどめたのか。

なぜ〔性欲〕のところで性欲を持ち出さなかったのか。

ここでわたくしは、広辞苑の整合性の不一致を指摘しておきたい。

広辞苑を諫める立場をとっておきたい。

**ぬかるみ【泥濘】** ぬかっているところ。泥ぶかい所。ぬかりみ。「━に足を突っ込む」㊝

〔検証〕言いたいことはいっぱいあるが、今回のところは何も言わないでおくことにする。

「は行」の部

**はめる【嵌める】** ①くぼんだ所におとし入れて身動きならないようにする。②くぼみに入れて固定する。ある形のものに、ぴったり入れる。㊝

〔検証〕これまた何気ない系の言葉であるが、実際には広辞苑が述べた以上の実力を持っている言葉であるとだけ言っておこう。

**バルトリン‐せん【━腺】** 女性外性器の膣口の後部左右両側にある粘液腺で、導管は小陰唇の内面にひらく。デンマークの解剖学者バルトリン(一六五五～一七三八)に因む。㊝

〔検証〕われわれが思春期だったころ、こうした〔腺もの〕が流行していた。

バルトリン腺液は女性が出すもので、カウパー腺液は男性が出すもので、あと、ナントカ腺液とかカントカ腺液とかいっぱいあったような気がする。（勘違いかもしれない）

そうした方面の学術書にはそういう記述がいっぱいあって、

（覚えなくちゃな）

と思った記憶がある。

いずれも「興奮」すると出るもので「興奮すると出る」というところに興奮したものだった。

「は行」が終わるとそこから先は急に埋蔵量が減ってくる。

これが今回の新発見である。

「ま行」から「ん」まで、性に関する用語は極端に少なくなる。

なぜか。

これはどなたかの研究を待つよりほかはない。

**ぼっき【勃起】**　にわかにむくむくとおこりたつこと。ふるいおこること。㊛

新明解のほうは、

急に力強く起つこと。〈狭義では、性的衝動にかられるなどして、陰茎が伸びて堅くなることを指す〉となっている。

**われめ【割れ目】** われた箇所。さけめ。㊄

新明解のほうは、

割れたために出来た（ような）筋状のすきま。裂け目。

となっている。

〔検証〕二つ並べて扱ったのは、広辞苑と新明解の違いを指摘したかったからである。一般的に言って、広辞苑は人情味がない。

冷静、事務的に処理しようという姿勢が顕著である。

人情のつけ入るスキを見せない。

対するに新明解は、「勃起」のところでもわかるように、「伸びて堅くなる」など、なるべくくだけた態度をとろうとしているように思える。

辞書に〝人情味〟が必要かどうかは、また別の論議をまちたい。

（『もっとコロッケな日本語を』二〇〇六年）

# 官能で「もう一度ニッポン」不死鳥の如く勃ちあがれ！

泉重千代さん、といっても今は知らない人も多いと思うが、長寿世界一として、いっときかなりの有名人だった。

一九九五年まで、ギネスブック公認の世界最高長寿者、百二十歳であった。

重千代さんの長寿の秘訣は、

「女人に興味を失わないこと。食事のあとに少し飲む島酒」

だった。

島酒というのは重千代さんの出身地、奄美の黒糖酒のことで、この際そっちのことはどうでもよく、ここで注目すべきは「女人」である。

重千代さんのこの発言は、長寿世界一になってからのものであるから、少なくとも百歳以上ということになる。

百歳過ぎても女人に興味を持ち続ける。

なかなかできることではない。

普通の人だったら、まあ、だいたい七十歳あたりからそっちへの興味は薄れていき、花鳥風月とか、そっちのほうへ興味が移っていく。

八十にもなれば女人への興味はさらに遠のき、九十で絶縁、百で西も東もわからなくなる。

重千代さんの場合は、西や東はどうだったかわからないが、女人だけはしっかり頭の中にあった。

長寿の秘訣はと訊かれて、いきなり女人を持ってきたところがエライ。

島酒をさておいて、女人を持ってきたところが立派。

長寿は万人の願いである。

長寿を目差す人はすべからく重千代さんを見習わなくてはならない。

すなわち、女人に興味を持ち続けなければならない。

　興味を持ち続けるだけでいいのだ。

　事に及ぶ、とか、実行とか、そっちのほうは重千代さんといえどもたぶんなかったと思う。

　ただし、女人に興味を持つということは、女人に関するいろんなことを思うわけだから、そのあいまあいまに女体などということも思ってもいいわけで、まあ、だいたいそんなようなことをしているうちに百歳になり、百二十歳になったのだ。

　そうか、そんなことならお安いご用だ、焼酎飲んで女人に興味を持つだけでいいなら、値段的にも安くつくし、などと考える人も多いと思うが、ここで一つだけ問題がある。

　焼酎のほうは何とかなるが、問題は女人である。

　今は重千代さんのころとは時代が違う。

　今や世の中は草食系男子の時代である。

　しかも草食系男子はどんどん増えていく傾向にある。

　草食系男子は女人(おなご)に興味を持たない。

　重千代さんは百二十歳まで興味を持ち続けたというのに、草食系男子は二十歳にもならないうちに興味を失っているのだ。

　世の中全体もまた、セックスに興味を持たない時代になってきている。

セックスレス夫婦というものが全国的に増えてきており、全国民的にそっちの方面への気力が衰えてきているのだ。

その結果が少子化時代の到来である。

国力の衰退である。

年金の危機である。

国家存亡の危機がすぐそこに迫っているのだ。

さあ、どうする。

今回の内閣改造（注・二〇一四年九月）で、安倍さんは「女性活躍担当大臣」というものをつくった。

女子の活躍も大切なことだと思うが、これからは男子の活躍がもっともっと大切な時代が今ここに到来しているのだ。

次の内閣では「男子そっち方面大活躍担当大臣」をつくる必要がある。

そればかりではない。

「草食系男子対策担当大臣」もつくらなければならない。

草食系男子に、何とかして女人に興味を持つように仕向けていかなければならない。

セックスレス夫婦を、何とかしてその気にさせなければならない。

次々に手を打っていかなければならない時代がすぐそこまで来ているのだ。

政府は手をこまねいている場合ではないのだ。

安倍政権は、そっち方面の政治的な方策を次々に打ちだしていかなければならない。

どんな手があるだろうか。

とにもかくにも、眠れる獅子（しし）たちを起こさなくてはならない。

起こして実行させないことには、この問題は解決しないのだ。

ここに、そっち方面の泰斗（たいと）、小泉武夫氏が書かれた『絶倫食』（新潮社）という本がある。

その目次を見ると、

「絶倫食を知るための前口上」

「絶倫確実、ガマ油」

「まぼろしの虎骨酒（ここつしゅ）」

「起（た）つ、タツノオトシゴ」

「オットセイ、すごさの事実」

「スタミナ鍋のパワー」

などなど、おどろおどろしくもいかにも効きそうな、いわゆる強精食の数々が、いかに、どう効くかについて丁寧に解説してある。

もうおわかりでしょう。

とりあえず男子のほうから攻める。

これら絶倫食、強精食のたぐいを国家的に奨励する。

奨励キャンペーンを、男子そっち方面大活躍担当大臣に行わせる。

今回この原稿を書くにあたって、絶倫、強精関係のことをいろいろ調べてわかったことが一つある。

強精、という言葉、斯界(しかい)では万人が知るこの言葉が広辞苑には載ってないのだ。

高尚、高潔を旨とする広辞苑ならいかにもやりそうなことだが、完全に無視しているのだ。

男子そっち方面大活躍担当大臣は、まずこのあたりのことから仕事を始めてほしい。

文部科学省を動かして、岩波書店を指導し、ただちに強精を広辞苑に載せる。

隗(かい)より始めよ、強精から手をつけよ。

そうして小泉名誉教授指導のもとに、強精産業というものを立ち上げる。

スッポン養殖場を全国に展開する。

筑波山頂にガマ養殖場を設立し、その油を石油缶でもって全国に配達する。

赤マムシ、黒マムシの養殖場、オットセイ、タツノオトシゴの養殖場、ハブ、コブラ、海蛇の養殖場、全国は恐ろしげな養殖場だらけとなるが、そんなことを言っている場合ではないのだ。

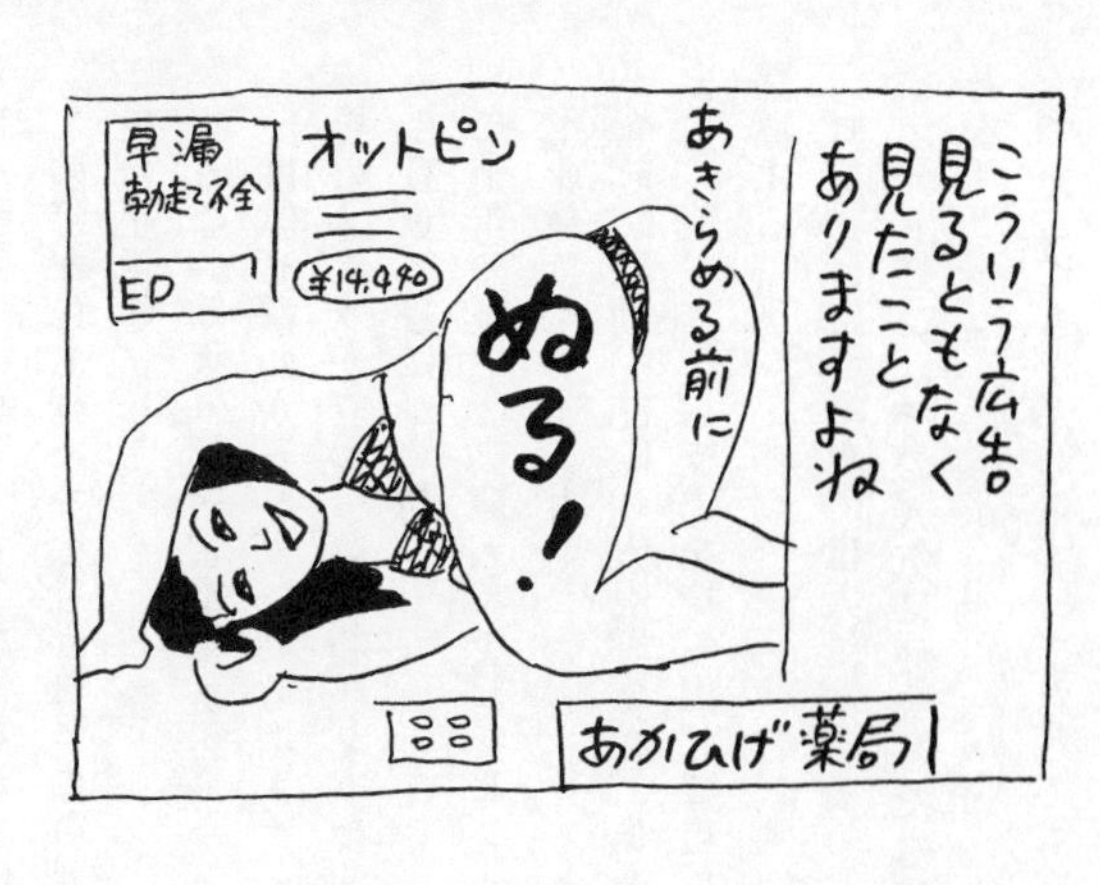


新しい産業の出現によって、日本経済も大いに潤う。

海の日とか山の日とか、敬老の日とか、のんびりしたことを言ってる場合ではないのだ。「強精の日」というものを新たにつくってこれを休日とする。

この日は、一日休んで老いも若きもこうしたものを朝から飲みまくる。

現在でも、こうした強精産業めいたものはあることはある。

知る人ぞ知る「あかひげ薬局」「宝仙堂」「養蜂堂」あたりが、細々ながら健闘している。

こうした会社の健闘は、誰もがスポーツ紙や大衆週刊誌などで見るともなく見て知っていると思うが、「あかひげ薬局」は「ぬって効くオットピン」、「宝仙堂」は「夜も立ち仕事だ! 凄十」、「養蜂堂」は「コレで『男』の自信増大⁉ 黒宝　牡蠣王」で名を知られている。

このほかにも様々な会社が様々な強精サプリメントを売り出していて、

「炎の超絶サプリ」

「折れない鉄板　超級雷電王」

「一度試せばわかる　ガン勃ち増大」

「男のメンツが立つ　絶倫粉エンペラー」

「１００％とにかく勃つ！」

「二千年の歴史　高麗人参でピンピン！」

「七十歳でもできる‼」

奮起、激励、叱咤、大喝、鞭撻(べんたつ)、あらゆる用語を駆使して弱きを助け、老いたるを励まし、王、エンペラーを持ち出して自信を持たせ、ピンなる擬音を用いて妄想の世界に誘導する。

「ピン」はこの業界では人気があるらしく、あちこちで頻繁に用いられている。

オットピンはその人気に便乗したもので、「ヨヒンビン」という製品も聞いたことがある。

であるにもかかわらず、またしても広辞苑はピンを無視する。
〔ピン〕①カルタ・采(さい)の目などの一の数。②はじめ。第一。最上のもの。

と言ったきり急に口をつぐむ。

「もう一つあるだろ、ホラ、あっち方面が」

と言っても聞こえないふりをする。

悔しいじゃないですか。

悔しまぎれに「ピン」の周辺をあたってみると、

「ぴんと」

というのがある。

〔ぴんと〕①強く張ったものがはじかれたり、密度の高い硬いものが割れたりする音。（②略）③真っ直ぐに伸ばしてゆるみなく張っているさま。④事を待ち構えて気持や雰囲気が緊張しているさま。

何だか妙にサービスしている気がするではないか。

こっちで「ピン」の分を補っておきました、ということなのだろうか。

ぼくとしては④の説明が一番気に入っているのだが……。

政府としては、このような産業の振興をはかり、国民にこれらの製品の日常的な愛用をうながし、そのことによって大いに春情をもよおさしめて実行を促進させるという政策がまず一つ。

それだけでは手ぬるい、という声も当然出てくるだろう。

スッポンとかマムシとかオットセイとか、そんなものに頼っている場合ではない。

事態は切迫しているのだ。

年金が危いのだ。

あるのだ、更にもっと強力な手段が。

緊急を要する事態に緊急に対応する手段が。

バイアグラ、レビトラ、シアリスという強力な布陣、これほど緊急に対応できる頼もしいトリオがほかにあるだろうか。

スッポンとかマムシを飲んで様子を見る、などというまどろっこしい話ではないのだ。

いま、すぐ、ただちに、確実に！

こんなにも有効な手段があるにもかかわらず、日本では現在、これらのものは市販されていない。

医者に行って縷々窮状を申し立てなければ手に入れることができない。

その縷々が問題なのだ。

その縷々が恥ずかしいではないか。

ぼくの場合で考えてみよう。

ぼくが窮状に陥っているとする。

医者に行こうと腹を決める。

どの医者に行けばいいのか。

内科か、外科か、肛門科か、婦人科か。

よくわからないのでとりあえず内科に行ったとしよう。

医者の前に座る。

「どうしました？」

と医者が訊く。

何と答えればいいのだろう。

どのあたりのところから話を始めたらいいのだろう。

そのあたりのことを考えただけで、誰もが医者に行くのを躊躇(ちゅうちょ)する。

せっかくの強力な布陣が準備されているというのに、これではその布陣に接近することができない。

このあたりのことを、男子そっち方面大活躍担当大臣は考えなければいけない。

とりあえず、悩める患者が行きやすいように、現状の「内科」「外科」……などのほかに「強精科」という科をつくる。

これならば、患者は迷わずそこに直行できる。

いや、まてよ、これでは誰もが「肛門科」に行くのに世間体を考えるように、「強精科」もまた世間体を考えるのではないか。

「年金制度維持科」というのはどうか。

なぜならば、この「科」に行くことによってみんなが春情をもよおし、そのことによって少子化が防止され、そのことの余慶が年金に及ぶからである。

どうです「年金制度維持科」。

世のお年寄りたちが、堂々と胸を張ってこの科の門を入っていく光景が目に浮かぶ。

もちろんこれら医薬品は、健康保険制度の適用をうけることはいうまでもない。

このように様々な手を打つことによって日本は、

「春情大国日本」

として新たに甦えることになる。

「もう一度ニッポン」

の声が全国に響きわたることになる。

この道を拓いたのは誰か。

泉重千代さんである。

名言「女人に興味を失わないこと」、この一言によって人々は奮起したのだ。

実にもう単純な一言であった。

単純ではあるが、国家存亡の危機さえも救う重い一言だったのである。

女人に興味を失わないことを実行した人が日本にはもう一人いる。

谷崎潤一郎さんである。

泉重千代さんには及ばないが、かなり高齢になるまで女人への興味を失わなかった。失わないばかりか、かなり頑張った。

谷崎潤一郎さんが『瘋癲(ふうてん)老人日記』を書いたのは七十五歳のときである。七十五歳といえば、今でいう後期高齢者ということになる。

後期高齢者ではあるが花鳥風月には行かなかった。

あくまでも女人のほうで頑張った。

女人というか、女体のほうで頑張った。

どういうふうに頑張ったかというと、

「彼女ノ脹脛ノ同ジ位置ヲ唇デ吸ッタ。舌デユックリト味ハフ。ヤ、接吻ニ似タ味ガスル。ソノマ、ズル〳〵ト脹脛カラ踵マデ下リテ行ク。意外ニモ何モ云ハナイ。スルマ、ニサセテヰル。舌ハ足ノ甲ニ及ビ、親趾ノ突端ニ及ブ。予ハ跪イテ足ヲ持チ上ゲ、親趾ト第二ノ趾ト第三ノ趾トヲ口一杯ニ頬張ル。予ハ土踏マズニ唇ヲ着ケル。濡レタ足ノ裏ガ蠱惑的ニ、顔ノヤウナ表情ヲ浮カベテヰル」

というふうに、カタカナで頑張った。

谷崎さんの時代にはバイアグラはなかった。

レビトラもシアリスもなかった。

もし谷崎さんの時代にバイアグラのたぐいがあったとしたら。
それを谷崎さんが飲んだとしたら。
飲んで実行に及んだとしたら。
たぶん足の裏は舐めなかったのではないか。
重千代さんも飲んだとしたら……。

（『ガン入院オロオロ日記』二〇一九年）

# 五十八歳の告白

最近どうも世の中がヘンだ。

ヘンなことが多くなってきている。

しかも、きのうよりきょう、というふうに日増しにヘンになってきている。

こういう世の中に、わたしはついていけそうもない。

毎日が不安でたまらない。

たとえば最近の新聞や雑誌の活字はヘンだ。

日増しに小さくなっていく。

おととしぐらいまではあんなに大きかった活字が、いまは半分ぐらいの大きさになっている。

印刷も年々悪くなっているようだ。

インクの色が薄いし、ぼやけているし、ところどころズレたりもしている。

内部がこみいった活字ほどそういう傾向にあり、たとえば鬱なんていう字は黒いカタマリにしか見えない。

思うにこれは不景気のせいかもしれない。活字をうんと小さくして、インクの使用量をケチっているのだ。

ぼやけたり、ズレたりしているのは、古くなって取り替える時期にきている印刷機を取り替えないからなのだ。

出版物に限らず、薬の能書き、電化製品の説明書、スーパーなどの商品の値札の数字、いずれも年々小さく、ぼやけてきている。

これでは日常生活が不便でならない。

こういう不便を訴えるのは、不思議なことにわれわれの世代の者たちだけで、若い連中からはそういう声を聞いたことがない。若い連中は時代の流れに鈍感で、そういうこまかいことには気がつかないのだ。

年々小さくなりつつある活字を自分で大きくする方法がないわけではない。

これはわたしが最近発見した方法なのだが、活字は目から離すと大きく見えてくる。

年季の入った人間の、年季の入った目というものは大したもので、目がそういうふうにちゃんと順応するのだ。

新聞なども目から離せば離すほど活字は大きくなり、印刷技術は改善され、インクの使用量も増えてくる。

こうした印刷物は、このように目から離せば何とか用が足りるが、固定されている文字は手で遠ざけることができない。

たとえばバス停の時刻表の数字などは、手で押して遠ざけることができない。

こういうときは自分が文字から遠ざかるよりほかはない。

あるときなど、バス停の時刻表の数字をよく見ようとしてどんどん離れていき、喫茶店のドアのところまでバックして行ったらしく、自動ドアが開いて、

「いらっしゃいませ」

ということになってさらにバックして行ってテーブルにすわりこみ、コーヒーを一杯飲む破目になってしまったことさえあった。

ヘンなことはまだある。

最近どうも自分の心の中が読みとられているような気がしてならない。

自分がこれからしゃべろうとしている話の内容を、周囲の人がすでに知っているのだ。

話の内容をすみずみまで知りつくしているのだ。

そんなバカな、と言うかもしれないがこれは事実なのだ。

つい、このあいだもこういうことがあった。

わたしは小学生のとき山梨県に疎開をしている。

その疎開先で、わたしはその土地の子供たちにいじめられた。

その日もわたしは学校で悪童たちにいじめられ、放課後も教室に一人居残って泣きじゃくっていた。

そのとき、担任の前田先生が教室に入ってきた。前田先生は黙ってわたしの隣の席にすわると、持ってきた赤いリンゴを黙ってむき始めた。

前田先生は若くてきれいな先生だった。

いまから考えると、多分二十五歳ぐらいだったと思う。

前田先生は、むきおえたリンゴを黙って差し出すとニッコリとほほえんだ。

わたしの子供時代の美しい思い出である。

わたしはこの話を人に話したことはまだ一度もない。

この美しい思い出を、息子たちに話してやろう。

わたしはそう思って息子たちとの夕食のあと、お茶を飲みながら話し始めた。

「じつはおとうさんは子供のころ疎開をしてなあ。疎開って意味、おまえたち知っているか」

と話し出すと、息子は、

「うん、知っているよ。山梨県に疎開したんでしょ」

と言うのである。

まだ県の名前など一言も言ってないのにピタリと言い当てたのだ。

ま、それはいい。わたしの経歴をある程度息子が知っていても不思議ではない。

「そのとき、土地の悪ガキにいじめられてなあ」

と言うと、

「いじめられて教室に居残って泣いてたんでしょ」

と言うのだ。

「うん。まあ、そうなんだが、そのとき担任の先生が教室に入ってきてな」

と続けると、

「前田先生でしょ」

と嫁が言い、

「その次が赤いリンゴよね」

とバアさんまでが知っているのだ。

まったくもって世の中どうなっているのだろうか。

人心判読機というようなものが、ソニーあたりから売り出されたのだろうか。

昔は、何の苦もなくスッと出てきた人の名前が、いまはなかなか出てこないのもヘンだ。

特にタレントとか、俳優とか、政治家とか、小説家とか、有名な人ほど出てこない。

その人の風貌も、眉も、目も、声も、しゃべり方も、その口つきも、目の前にありありと、くっきり浮かびあがっているのに名前だけが出てこない。

ノドのところまで出かかっているのに出てこない。

ソニーあたりから、人名思い出し妨害機というようなものが売り出されているのかもしれない。

しかし、こんなもの売り出しても、誰にも何の得にもならないと思うのだが。

同年代の友人も、この機械を周辺で使われているらしく、わたしと同じような症状をみせている。

二人して、

「ホラ、あの映画に、あのもう一人のあの俳優といっしょに出ていて、ホラ、別のあの映画にも主役で出ていて、ホラ、しぶい脇役で有名で……」

「うん、それ。その人」

と、全体として「ホラ」と「あの」しか言ってなくて、特定している言葉としては「しぶい脇役」だけなのだが、二人には充分に話が通じているのだ。

なのに名前がどうしても出てこない。

二人がかりなのに出てこない。

昼ごろこういうことがあって、夕方になっても出てこず、夜になっても出てこず、布団に入っても出てこない。

何かがノドにつっかえているようで一日中イライラし、寝ても眠れず、はなはだ体によくない。

ソニーと大正製薬あたりが結託して、睡眠薬や精神安定剤の売り上げをのばそうという、そういうたくらみなのかもしれない。

こういう場合の対策は一応ある。

年季の入った人間の年季の入った知恵というものは大したもので、最近ようやくその大綱が完成した。

それは「アイウエオ方式」である。

その人の名前の最初の文字がアなのかイなのかウなのか、一つ一つ当てはめていくのだ。最初の文字さえ出てくれれば、その人の名前を思い起こす大きなヒントになる。

「エート、その人はアのつく人……じゃないな、イのつく人、じゃないな、ウのつく人……じゃないな」

と、一つ一つ当てはめていってカ行に至り、サ行に至り、タ行に至る。

ウならウのところで、いちいちその人の風貌、眉、目、声、しゃべり方、と、一つ一つ照らし合わせていく。

ウが当てはまらなかったらエにいく。

エと風貌、エと眉、エと目、エと声、エとしゃべり方、というふうにやっていくから相当な時間を要する。

その努力と集中力もまた大変なものがある。

だから、タ行ダメ、ナ行ダメ、ハ行ダメというふうにすすめていって、マ行あたりになると、残り少ない行数を思って悲しい気持ちになる。

ヤ行ダメ、ラ行ダメ、ワ行ダメ……いまの努力は何だったのか。

最近は日増しに「アイウエオ方式」の使用頻度が増えてきている。

一日に十数回という日さえある。

そして「ダメ」の頻度もまた増えている。

ダメだったときはとても悲しい。

再度取りくみ、再度ダメだったときはもっと悲しい。

そのかわり、ピタリと該当してピタリと思い出したときの嬉しさはひとしおだ。

「あの映画に、あのもう一人のあの俳優といっしょに出ていたあの人」の一人が、再挑戦の結果どうやら、

「タ行がくさい」

ということになって、

「タ、チ、ツ、ツ、ツ、月形、月形龍之介！」

となったときの喜びははかりしれない。

余勢をかって、もう一人にとりかかり、

「マ、ミ、ム、メ、モ、……ヤ、ヤ、ヤ、山形、山形勲！」

とくれば、もう天にものぼる心地だ。

ノドのつっかえがいっぺんに取れ、頭のモヤモヤは消え去り、肩のコリは取れ、血圧は下がり、コレステロールは正常に戻り、γ‐GTPは下がり、頻尿もおさまる。

〝若い人では絶対に味わうことのできない、トシをとらなければわからない喜び〞というものがあるのだ。

最近しきりに起こるヘンなことはまだある。

本屋に入って、何か面白い本はないか、と探していて、ようやく面白そうな本が見つかる。

タイトルも面白そうだし、と思い、最初のほうを読んでみると、まさにこれは自分が読みたかった本だ。

「そうなんだよ。こういう本をオレはずうっと読みたいと思っていたんだよ」

と思い、さっそく電車の中で読み始め、改めて感動し、改めて内容の濃さに喜びをかみしめ、家に帰っても読み続ける。

そうして寝る前に本棚にしまおうとして本棚をふと見ると、まったく同じ本がそこに並んでいるのである。

一体誰が買ったのか。

趣味嗜好を同じくする者が家族の中にいたのだ。

いや、まてよ、この本棚は自分だけの本棚のはずで、家族の者がここに本を入れるということはありえない。

すると、この本を買ったのは自分ということになる。

そんなはずはない。

きょう買った本の内容はあんなにも新鮮だったし、あんなにも新しい知識を得られたのだし、それに本を読んであんなにも感動したのはいままでに一度もなかったことだ。

そのことを同年代の友人に話すと、

「いや、キミは二冊だからまだいい。ウチなんか三冊もある」

と言うのだ。

そのことはそのこととして、最近の本は内容がよくつかめないものが多くなってきている。

何回読み返しても言ってることがよくわからない。

書き手の文章力が年々低下しているのはまちがいない。

一冊の本を1/3ぐらいまで読みすすむと、もう最初のほうの内容が記憶に残っていない。

いい文章は、誰が読んでもちゃんと記憶に残るはずだ。

それだけ書くほうの人の力が低下しているということになる。

最近の書き手の文章力はどんどん低下しているようで、この間読んだ本などは、読みおえて五日たったら、もうその内容全部を忘れていた。

それほどひどくなっているのだ。

まったくもって、世の中どうなっているのだ。

悪いほうへ、悪いほうへと向かっていくばかりだ。

いやいや、まてよ。

いい方向に向かっているものが一つだけあるぞ。

それはわたし自身のカラダだ。

わたしのカラダだけは年々いい方向に向かいつつある。

その一つは、顔の面積が広くなってきたことだ。

土地でも家屋でも、自分の持ちものが広くなっていくことに喜びを感じない者はいまい。

自分の持ちものである顔の面積も同様である。

わたしの家の土地面積は、わたしの父の代からのものだが二十二坪だ。

わたしはついにこの面積を一坪も増やすことができなかった。

そのかわりといってはなんだが、顔の面積だけは増やすことができた。

特に顔の上部、額といわれている部分を拡大させた。

頭のてっぺんのほうにも顔の支部ができた。いまのところ飛び地ではあるが、いずれ額のほうとつなげて、一挙に大きくしようと思っている。

それからもう一か所、世間一般で、俗にアッチといわれている方面もよくなりつつある。

本来の仕事に戻りつつあるというか、改心しつつあるというか、地道なほうの仕事に精を出すようになってきた。

アッチ方面の仕事は、かつては二つあった。

一つは人体の循環器系に属する仕事で、いってみれば本当に地道で目立たない仕事である。

もう一つのほうは、まあ、なんていうか、ろくでもない仕事である。

ところが若いころは、そのろくでもないほうの仕事にばかり精を出していたのだ。

気がムラというか、仕事口がないのに激しく仕事口を求めたり、突然、意味もなくいきどおったり、仕事がないのに急に仕事に備えて身ごしらえをしたり、とにかく落ちつきのない毎日だった。

いまはすっかり改心して穏やかな毎日をおくっているようだ。

あまりに穏やかなので、ときどき励ましたりもしてみるのだが、それでも穏やかな態度は少しも変わらない。

どうやら改心は本物のようだ。

歯のほうもいい方向に向かっているようだ。

食べる楽しみのほかに、もう一つの楽しみを与えてくれるようになった。それはホジる楽しみである。

昔はそんなことはなかったが、いまは歯と歯の間にいろんなものがはさまってくれる。モヤシとか、ニラとか、ヒジキとか、エノキダケとか、そういうものがよくはさまる。どういうわけか、値段の安いものばかりがはさまるが、これらのものを一つ一つ楊枝でホジり出すのは食後の楽しみの一つだ。

不思議なものでニラがはさまる場所、モヤシがはさまる場所、ヒジキがはさまる場所はそれぞれ決まっていて、こういうのを適材適所というのだろうか。

外で食事を終えたときは、店を出るときに楊枝を三本ポケットに入れて出る。

まず最初の一本を取り出して歩きながらホジり、それが使いものにならなくなったら二本目を取り出してホジる。

先発、中継ぎ、抑えを使っていく監督の心境に似ている。ただしこの場合、大魔神はいないので三本目の使い方に充分注意しなければならない。

トシと共にいろんなところの感覚は鈍ってくるものだが、逆に鋭敏になってくる感覚もある。

その一つに勾配に対する感覚がある。

昔はぜんぜん気づかなかった勾配に、とても敏感になってきた。

特に上り坂の勾配に敏感になってきた。

ほんのちょっとした上り勾配でも、

「あ、坂だな」

とすぐ気づく。

昔は、上り坂だか下り坂だか、多少の勾配など気づかずに歩いていたものだ。

これからの世の中では、〝勾配に敏感〟は貴重な才能となる。

老齢化社会は車椅子社会の到来を意味する。

車椅子は勾配に敏感に反応する。

行政はその対策を迫られるようになる。

当然、「勾配感知士」という資格がクローズアップされてくるにちがいない。

そのときに備えて、わたしはいまから勾配感知の才能をさらにみがいていきたいと考えている。

（『明るいクヨクヨ教』二〇〇三年）

# 3

# 人間は哀れである

人間は哀れである。

何がどう哀れって、人間に関するすべてが哀れである。

姿、形が哀れである。

体のてっぺんにのっかっている大きな頭が哀れである。

二本の足で立っているところが哀れである。

ヒョロっと立って、本人はこれで安定しているつもりだが、後ろからちょっと小突かれればつんのめって転ぶところが哀れだ。

せわしなく、息なんか吸ったり吐いたりしているところも哀れだ。

その吸ったり吐いたりを、やめられないところも哀れだ。

たまには呼吸を休みたいと思っても、休むと死んじゃうところも哀れだ。

そうしないと乾いちゃうからといって、ときどきまばたきをしているのも哀れだ。

全身に血液を送らなくてはならないといって、心臓がポンプで加圧しているところも哀れだ。

加圧も過ぎると、高血圧ということになるから、適当に加減して送らなくちゃ、なんていっているところも哀れだ。

やっていることが一つ一つせこい。

人間の生理とは、せこいことをせこせこやることなのだ。その、せこい生理で人間は生きているのだ。

両足を少しずつ互いちがいにくり出すことによって、移動を行わなければならないというのも哀れだ。

それを〝人間は一歩一歩〟なんていっているのも哀れだ。

その足に、靴とかいうものをはめているのも哀れだ。

体に布をまとっているのも哀れだ。

その布に、デザインとかいうものを施しているのも哀れだ。

ずいぶん人間の哀れを書きつらねてきたが、人間はそのことに気がついていない。

自分は哀れじゃないと思っている。

哀れどころか、

(人間、この偉大なるもの)

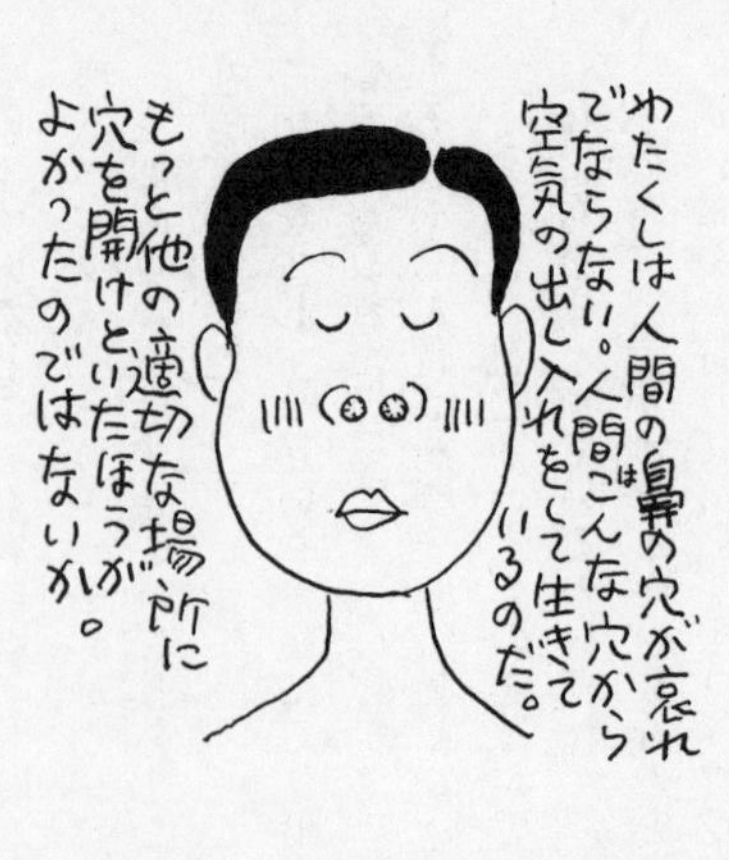


なんて思っている人もいる。

その証拠に、人間は月に行ってきたではないか、などといって目をうるませる人もいる。

人間崇高説をとなえる人もいる。

動物は弱者を見捨てるが人間は見捨てない。リンカーン、マザー・テレサ、シュバイツァーなどなど、崇高説を裏づける人もたくさんいる。

人間偉大説、人間崇高説に、わたくしは異をとなえる者ではない。

ただ、その二つに、もう一つ、人間哀れ説を加えてほしいといっているのだ。

わたくしが、

「ひょっとしたら、人間は哀れなのではないか」

と気づいたのは、いまを去ること四十数年前、すなわち思春期のころであった。

十五、六歳の少年であったわたくしは、ある出来事に遭遇したのである。
その日は雨が降っていた。

そのころの日本の道路事情は、まだ舗装がゆきわたっておらず、むきだしの土のままの道路のほうが多かった。

雨が降れば、道路の至るところに水たまりができる。

そういう道路の向こうから、一人の男が自転車にのってゆっくりと走ってきた。

彼は傘をさしていた。

右手に傘、左手に自転車のハンドルを握り、水たまりの一つ一つを丁寧によけながら、ヨロヨロと走ってきてヨロヨロと走り去った。

少年のわたくしは、立ちどまってその光景をじっと見つめているうちに、不意に、

「人間てなんて哀れなんだろう」

と思ったのである。

それは一種の天啓のようなものであった。

多分、そのときのわたくしの日常のありよう、精神のありようも関係していたのだと思う。

彼は水たまりの一つ一つを目で追い、水たまりと水たまりの間をせわしなく選び、そのところへ車輪が進むように左手でハンドルを忙しく操作し、右手は傘が頭上の位置

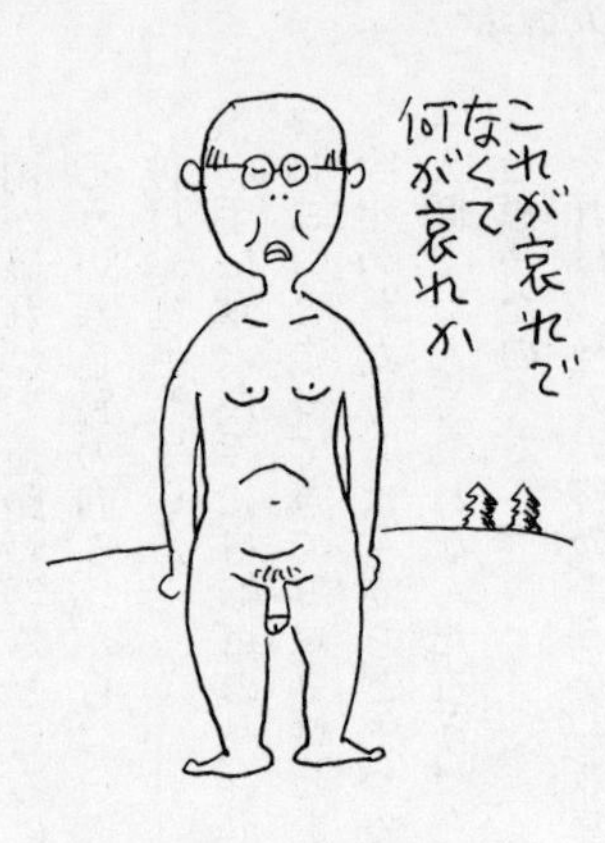


からはずれないように配慮を怠らず、事実傘はそのような位置を保持し、両足は自転車が倒れない程度のゆっくりした微妙な速度でペダルを回転させているのだった。

そうしつつ、わたくしの前を通過して行くのだった。

「人間はああやって生きていくんだ」

少年のわたくしはそう思った。

これがわたくしの、第一回目の人間哀れ説の体感記憶である。

第二回目は、三十二、三歳のときにやってきた。

三十二、三歳というのは、わたくしがようやく漫画家として世間に認められつつあったころだ。

そのころ、漫画家の先輩でOさんという方がおられた。

「日本意外史」「花咲ける武士道」といった、時代ものを得意とされていた。

Ｏさんは、ぼくの仕事場がある西荻窪に住んでいたせいもあって、酒席を共にすることが多かった。

中央線沿線在住の漫画家が寄り集まって、酒を飲む機会もしばしばあった。

みんなが少し酔って、宴たけなわとなると、誰いうとなく、

「Ｏさん、そろそろあれやってよ」

ということになる。

含羞の人であったＯさんは、何回か、断ったあと、断りきれずという感じで「あれ」を開始する。

「あれ」とは、その席にいる一人一人に当てはめた歌を歌うことであった。

歌詞は決まっていて、だれそれの、

「哀れさよォ〜〜」

というものであった。

メロディーは哀切きわまりなく、陰々と、滅々と、嫋々と、切々と、聞く者の心を萎えさせ、頭を垂れさせ、ときとして落涙さえさせるほどの悲しい声で歌うのである。

「ショォ〜ジィ〜イイ、サダァ〜オ〜〜のォ〜、哀れさよォオォオ〜〜」

と歌い、少し間をおいて、その隣の、

「ソノォ〜ヤァアマア〜、シュンジィイ〜のォォ〜、哀れさよォォォ〜〜〜」

と続き、

「フクゥ〜チィ〜、ホースケのォォ〜、哀れさよォォォ〜〜〜」

…………

「サトウォォ〜、サンペイのォォ〜、哀れさよォォォォ〜〜〜」

と、全員の哀れを歌うのである。

この歌には「なぜ哀れか」という部分はなく、ただひたすら、「その人の哀れ」を歌うことになっていた。

この歌は、一人分約三十秒ほどかかり、歌われている当人は、その三十秒の間中、しみじみと自分が哀れになり、情けなくなり、そうなんだ、オレは哀れなんだ、オレってなんて哀れな奴なんだ、と、己れのあまりの哀れを哀れみ、身をよじって身もだえする人さえいた。

Oさんは、その場にいる人の、それぞれの哀れを、何の説明もなく、鋭く適確に突いていることになるのだった。

この歌は、それぞれ一人一人への判決であった。

各自、この歌によって自分の哀れが思い当たり、その哀れがあまりに哀れで、ハラハラと落涙するのであった。

「人間は哀れであるということを知っている人がここにいた」

と、わたくしはそのとき思った。

Oさんは、人間はすべて哀れだということを知っていたのである。

これがわたくしの、「人間哀れ説」を確認した第二回目の体験であった。

そうして、つい最近、「人間哀れ説」を再確認する第三回目の事件に遭遇したのである。

二〇〇一年の大相撲の夏場所、右足亜脱臼の貴乃花は、激痛をこらえて武蔵丸を投げとばして優勝した。

そのとき小泉総理大臣は、興奮した面持ちで土俵に上がり、よろけながら総理大臣杯を貴乃花に手渡した。

「痛みに耐えてよく頑張った。感動した。おめでとう」

とも叫んだ。

その様子をわたくしはテレビで見ていて、

「妙に安っぽい色をした（茶色）靴をはいているな」

と思ったのだが、よく見るとそれは茶色いスリッパだった。

古式床しい土俵の上の大男（貴乃花）対小男（小泉）、裸対背広、という図式のせいもあったかもしれないが、背広にスリッパの男がなんとも哀れに見えた。

「なんという哀れな姿だ」

と思った。

スリッパが便所を連想させたのだろうか。

一国の権力の座に登りつめた強大な男が、スリッパ一つでたちまち哀れな男になり下がってしまうのだ。

〝スリッパの力〟というものを、つくづく思わせる事件でもあった。

（まてよ）、と、そのときわたくしは思った。

小泉氏に限らず、これまでの歴代の総理大臣の一人一人に、スリッパをはかせてみたらどうか。

スリッパをはかせて、ペタペタと歩かせてみたらどうか。

中曾根康弘、橋本龍太郎、佐藤栄作、吉田茂……。

彼らにスリッパをはかせて、国会議事堂の中をペタペタと歩かせてみたらどうだったのか。

いや、いっそ議員全員にはかせてみたらどうか。

衆議院予算委員会の中継で、質問の議員はスリッパでペタペタと質問の席に向かい、大臣もペタペタと答弁の席に向かう姿が映し出される。

威厳というものが、いかにつくられたものであるかということが、スリッパ一つで証明されるのだ。

スリッパ一つでその人の尊厳が失われ、その人の哀れが露出するのだ。哀れがバレてしまうのだ。

その人の尊厳を一瞬にして失わせる小道具は、実はスリッパだけではない。

手さげ紙袋もその一つだ。

小泉氏は、これから何度も外遊することになる。

外遊のたびに、政府要人に見送られながら特別機のタラップを登ることになる。

そのとき、手さげ紙袋を持たせたらどうなるか。

手さげ紙袋を片手に、要人たちに手を振りながらタラップを登る小泉総理大臣。

なんなら、その手さげ紙袋の中に、ネギを一本入れてみたらどうか。

ネギをのぞかせた紙袋を片手に、タラップを登る総理大臣。

なんなら、そのときスリッパをはかせるというテもある。

ネギの入った手さげ紙袋を片手に、スリッパでペタペタとタラップを登る中曾根元総理大臣。

ネギの代わりに〝古新聞と古週刊誌をギッシリ〟というのも考えられる。

古新聞と古雑誌をギッシリ詰めこんだ手さげ紙袋を重そうに持ちながら、スリッパでペタペタとタラップを登る橋本元総理大臣。

尊厳を一瞬にして失わせる小道具はまだある。

こんどは木村拓哉氏を例にして考えてみよう。

キムタク君は全女性の憧れの的である。

その眼差し、甘いマスク、声、動作の一つ一つに、深いため息をもらし、恋いこがれる。

そのキムタク君の魅力を一瞬にして失わせるものがある。

それは赤ん坊のおぶいひもだ。

キムタク君に、おぶいひもで背中に赤ん坊を背負わせる。

キムタク君の背中で、おぶいひもで背負われた赤ん坊が、首を大きく後ろにそらし、口を開けてヨダレをたらしながら眠っている。

おぶいひもはキムタク君の胸にくいこみ、キムタク君のシャツはそのためによじれている。

なんなら、このキムタク君に手さげ紙袋を持たせてみるのもよい。

そこにネギも入れてみよう。

スリッパもはかせてみよう。

このとき、キムタク君は別のキムタク君に変貌する。

これで大体、〝尊厳喪失グッズ〟はひととおり揃ったようだ。

このひとどおりを、誰かで実験してみたい。

やっぱり中曾根元総理大臣でためしてみたい。

なぜかというと、彼が一番似合うからだ。

中曾根元総理大臣は、日米なんとか交渉のため特別機でワシントンに向かうことになった。政府要人たちが見守るなか、いま中曾根元総理大臣がタラップを登って行くところだ。

左手にネギの入った手さげ紙袋、右手に古新聞古雑誌ギッシリの紙袋。

背中にはおぶいひもで背負った赤ん坊が大きくのけぞり、元総理の胸元はよじれている。元総理は、一段一段、青いスリッパでペタリペタリと登っていく。

世の中に、偉い人なんて一人もいないのだ。

哀れでない人なんか一人もいないのだ。

みんな哀れをおおい隠して生きているのだ。

おおいきれずに、ところどころがバレる。

人間はもともと哀れなのだ。

生きていかなければならないというのが、哀れの根本である。

人間は、何の説明も受けず、何の理由も告げられないまま、この世に生を享けた瞬間から、選択の余地なく、生きのびていくという課題を背負わされる。

人間が哀れというより、生物のすべてが哀れなのかもしれない。

キリンもライオンも哀れである。

イカもサバもミミズも哀れである。

アフリカの大草原に腹這いになり、遠くを見ながらたてがみを風になびかせているライオンは哀れである。

何を考えているのだろう。

考えているとしたら哀れである。

何も考えてないのだろうか。

何も考えてないとしたら哀れである。

それより、
ライオンンンン〜、さぁぁぁ〜んんんの〜、哀れさよォォォォ〜

……
……
……
ライオンも哀れである……

……　……

と歌ってみれば、ライオンの哀れがすぐわかる。理由なしでわかる。

仄聞するところによれば、あらゆる生命体は、種を次の世代につないでいくための単なるヴィークル（乗物）だというではないか。

ということは、個の事情、個の言い分、個の幸、不幸には意味がないということになる。

ライオン君、意味がないんだよ、キミ個人には。

そうやって、たてがみを風になびかせているけれど、ときどき血みどろになって獲物をつかまえて食いちぎったりしているけれど、みーんな意味がないんだよ。

君に要求されているのは、一定期間、息をしつづけていてくれることだけなんだよ。

君に不幸があろうがなかろうが、苦しみがあろうがなかろうが、一切、意味がないんだよ。

一定期間、息をしつづけたあとは、意味なく死んでくれればいい。

きょう一日あったこと、意味がないんだよ。

若いころ、とてもつらいことがあったこと、意味がないんだよ。

これから先、いろんなことがあるだろうが、意味がないんだよ。

唯一、意味があるのは、ときどき腰をヘコヘコさせることだ。

腰をヘコヘコさせているときのライオンは実に哀れだ。威厳も尊厳もあったものではない。

だが、腰をヘコヘコさせて、君の種を次代につなぐものを出してくれないと困る。

一生のうちに何回か、これだけはやらないとまずいことになる。

いま地球上のあらゆるところで、動物たちがヘコヘコしているにちがいない。

なんという哀れなことだ。


（『ヘンな事ばかり考える男 ヘンな事は考えない女』二〇〇五年）

# 小さな幸せ

毎日新聞のコラム「余録」に、次のような文章が載っていた。

——幸せとはなんだろう。大人は即答できないが、子供はたちどころに答える。

「幸せとは、風に揺られているものをじっと見ていることです」

「小石を手ですくったり、はだしで砂浜を歩いたりすることです」

「空に映る夕日、月の影、赤ちゃんの笑い顔、牧場を吹き抜ける風」——

これらは、世界七十数カ国の子供の絵と文を集めた本の一節である。

この文章は、久しく忘れていた日常の中の小さな幸せ、というものを、つくづく思い出させてくれた。

大人にとっての小さな幸せとはなにか。

大きな幸せは、確かに即答できない。

大きな幸せは、どこかに血なまぐさいものを秘めている。そうしたものと、すれすれ

しあわせ

の一線のところで成り立っているような気がする。

考えて楽しいことがらではない。

では小さな幸せはどうか。

こちらのほうは、各人各様それぞれに違って、考えて楽しいことのように思える。

大人にとって、小さな幸せとはなにか。

ごきぶりホイホイが一杯になることです

ごきぶりホイホイを台所の片隅などに仕掛けておいて、翌朝、ホイホイの底面一杯にゴキブリがかかっていたりすると、心の底から幸せを感じる。

わざわざ押し拡げて、マット一杯に貼りついて大勢でもがき苦しんでいるのをしみじみ眺め、

「そうかそうか、みんなかかってくれたか」

と、ニンマリしてくるのをどうすることもできない。

幸せで胸が一杯になる。

その数およそ五十四。大きいのあり小さいのあり、まだ元気のいいのあり、弱りきったのあり、観念して動かないのあり、脱出の意気いまだ盛んなのあり、すき間なくまっ

黒に貼りついてうごめいている。

豊作。

まさに豊年万作。大収穫。活況。好景気。大儲け。

背中が貼りついてあお向けになってもがいている奴。ヒゲの先端だけ貼りつき、ひとふんばりすれば取れそうなのだがどうしても取れない奴。半分観念したものの、まだ半分は望みを捨てず、ときどきピクピクと未練げに手足を動かしている奴。

どれもこれも見ていて飽きない。

（あのときの、あの一歩さえ誤らなかったら）

（あそこへさしかかったときの、あの甘い香りの誘惑にさえ負けなかったら）

（あそこで一歩、踏みとどまっていたら）

などなどの、彼らの無念を思うと、更にいっそう幸せな気持ちになる。

「みんな、うんと苦しみなさいね」

と、一匹一匹に励ましの言葉をかけてあげたくなる。

昨夜、ホイホイを仕掛けるとき、ゴキブリの通りそうなコーナーをあれこれ考え、迷い、入口の高さ、角度、位置など十分考えて置いたのだが、その判断に誤りはなかったのである。

〝成功の甘き香り〟などという言葉もふと頭に浮かび、もう一度もがき苦しむ彼らを眺め、小さな幸せとはこういうことだったんだな、と、しみじみ思う。

反対に、仕掛ける位置、角度などを十分考えて仕掛けたにもかかわらず、翌朝、一匹もかかっていなかったときの空しい気持ちは筆舌につくしがたい。

ポッカリと、心に穴があいたような淋しい気持ちになる。

自分の能力、判断力、才能、すべてが否定されたような気持ちになる。

小さな不幸とはこのことか、とさえ思う。

寝たいだけ寝ていられる日です

年に何日か、

「きょうは寝たいだけ寝ていてもいい日」

というのがある。

何時に起きなくてはならない、ということが一切ない日。

そういう寝たいだけ寝ていていい日に、寝たいだけ寝つつあるときというのは、これはもう幸せ以外の何ものでもない。

幸せ極まれり、などと思いながら、更に寝たいだけ寝続ける。

春先なんかだったら更に申し分ない。

ときどき浅くまどろんでは、

（あー、きょうは起きなくてもいいんだよなー）

と幸せにひたり、ひたりつつ意識が薄れていって「ンガーッ」と、一声大きくイビキをかき、そのイビキを耳にしながらまた深い眠りに落ちていく。

またトロトロと目覚めかかり、

（あー、きょうはこのまま寝てていいんだよなー）

と、かすかに思い、また嬉しく、

（あー、極楽、極楽）

と、眠りつつもどうしても笑みがもれてしまう。

この（あー、起きなくていいんだよなー）は、何回味わっても心地よい。

心地よく、笑みをもらしつつ、右から左に大きく寝返りをうち、股の間にフトンをはさみこんだりして、今度は左から右にわざと大きくバッターンと寝返りをうつ。

こんなにまざまざと幸福を実感できる瞬間は、なかなかあるものではない。

幸せというものは、結局のところかなり曖昧なものなのだが、睡眠のからんだ幸福感は、生理と結びついているだけに生々しく実感できる。

「いつも七時起床」と決まっている人は、七時十分前ぐらいに目覚ましをセットするのである。そして毎朝十分前に起こされると、

(あー、あと十分寝られんだよなー)

と小さな幸福感にひたりながらウトウトし、三分前あたりにビクッと目覚め、目覚ましを見て、

(あー、あと三分寝られんだよなー)

と、意地汚なく枕をかかえる。

いつもこうしたいじましい幸福感にひたっている人こそ、「寝たいだけ寝ていられる日」に得られる幸福感は大きい。

「あと五分」とか「あと三分」とかのケチケチした話ではない。

とにかく制限なし、無制限デスマッチ。死ぬまで寝ていてもいいという日なのだ。

八時になっても起きなくていいし、十時になっても起きなくていい。

十一時ごろ目覚めてハッとし、そうだ起きなくてもよかったんだっけ、と思い至り、そうそうよかったんだよなー、と再び寝入っていくときの幸福感はたまらない。

午後の一時になってもまだ起きなくていいし、夕方の五時になっても寝ていたければ寝ていていい。夜の八時になっても寝ていていいし、十一時になっても起きなくていいわけだから、切れ目なく翌日分の睡眠に突入していって二日二晩ぶっ通し、徹夜で寝る、というわけのわからない眠り方をすることになる。

徹夜というものは、ふつう不眠不休でするものだが、この場合は、眠ったまま徹夜をするという、前人未到の経験も合わせてすることができるわけだから、これ以上の幸福はないということができるような気がしないでもない。

蚊をうまくたたくことです

蚊ぐらい憎らしい奴はいない。

害ばかりで、いい面がひとつもない。

「人間に、ひとつでもいいことをしたことがあるなら言ってみろ」

と蚊に対して言ってやりたい。

まさに人間の敵役の最たるものである。

あの〝プィーン〟という声だか羽音だかも許しがたい。

ヘンに折れ曲がって長い後足が邪悪を感じさせる。

第一、心が通いあうということがない。

人間の身近にいるアリとかクモとかには、けっこう心の通いあう部分が多い。

先述のゴキブリだって、憎たらしいことは憎たらしいが、多少の滑稽感もあるせいか、心が通いあう部分がないとはいえない。

ところが蚊には、通いあう部分がまったくない。

話しあいの余地がまるでないのだ。

しかもはっきりした実害がある。

刺されているのを知らずにいて、かゆくなって初めて気がつくことがある。あわててパチンとたたくと「プィーン」と明らかに人をバカにした声を発して飛び去って行く。憤怒のあまり千里の果てまで追いかけて行ってたたきつぶしてやりたくなる。

狡猾、陰険、悪辣、陋劣、卑怯、性悪、いくら言葉を尽しても尽したりないほど憎い。

寝苦しい夏の夜など、ようやくウトウトと寝入りかかり、しめた、やっと眠れる、と深い眠りに落ちようとするとき、まるでそのときをどこかにひそんで待っていたかのように、プィーンと飛来してくる。

黙って飛んできて、黙って刺して飛び去っていけば、気づかずに眠ってしまうかもしれないのに、わざわざ警告音を発しながら飛んでくるのは、人間をバカにして楽しんでいるとしか思えない。

まさに憎んでも憎みきれない卑劣、下賤のやからである。

どうあっても許すことはできぬ。

だから狙い定めてうまくたたきつぶしたときは飛びあがらんばかりに嬉しい。幸せで胸が一杯になる。

夕刊を両手に持って読んでいるときに、プィーンと飛んできて左の腕にとまったりすることがある。

しめた！　と思う。

このときの心のときめきは、日常生活ではなかなか得られない大きなものがある。冒険の始まり、という気さえする。

蚊はただちに血を吸い始め、みるみる腹部が赤くふくらんでいく。

「ようし、ようし、そうしていなさいよ」

と両腕はそのまま、蚊に気づかれないようにまず夕刊をハラリと下に落とす。

飛んで火に入る夏の虫、これまでの蚊一族に対する怨念が一挙に燃えあがる。雪辱のチャンスがいま訪れたのだ。

「ようし、ようし、たくさん吸えよ」

と、胸をドキドキさせながらタイミングをはかる。

このとき、大抵の人は血をたくさん吸わせようとする。蚊が飛んできてとまったとたん、打とうとする人は少ない。とりあえず血を吸わせる。それもたくさん吸わせる。吸わせながら残忍な笑みを浮かべる。これはどういう心理なのだろうか。

㈠自分の被害をわざと大きくし、なるべく大きな事件に発展させ、それを一挙に解決させることによって、より大きな功名心を得ようとする。

㈡蚊の幸福が頂点になるまで待ち、それが最大となったところを一気に打ち砕くことによって、ザマミロ感を強く満足させる。

㈠の人もいれば㈡の人もいると思うが、㈠と㈡両方という人のほうが多いのではないか。

ということは、蚊をたたきつぶすということは、一見ささいなことのように思えるが、会社などではめったに得ることのできぬ、大きな功名心と復讐心を一遍に満足させることのできる大事件といえるのである。

十分にお腹を赤くふくらませた蚊に目を釘づけにしたまま、ソロリソロリと右手を近づけていく。

打ち損じてはならぬ。

おとうさんの胸は、早鐘のように高鳴っている。

（よしッいま！）

決断と同時におとうさんは目がくらんで目の前がまっ白になるが、右手はあやまたず蚊の上に位置している。

しばらくそのまま動かさず、不安と期待に胸をふるわせながら、ソロソロと右手を開いていく。

見事、憎むべき蚊はペチャンコにつぶれ、赤い血が目に入る。

（やった！）

これを見届けたときの満足感、幸福感は、はかりしれないものがある。

ハンターが、象を仕とめたときのそれに匹敵するといえるかもしれない。（匹敵しないか）

おとうさんは、満足そうな笑みを浮かべながら、腕に貼りついた千切れた蚊の足を、指先でつまんで捨てるのである。

そのかわり、見事とり逃したときの無念さはこれまた大きい。

（オレって、なにをやってもダメなんだよね）

なんてことまで考えて、限りなく落ちこむ。

## サウナで水風呂に入ることです

サウナ風呂に我慢に我慢を重ねて入っていて、肌がチリチリに熱くなり、鼻の頭がまっ赤になり、額からは汗ボタボタ、あー、もうダメ我慢の限界と、サウナのドアを体当たりで開けて飛び出し、まんまんと冷めたい水をたたえた浴槽にドップーンと蛙のように飛びこんで首までつかり、頭の先までつかった瞬間というものは、これはもう、快楽の極致といってもいいほどのものがある。

熱く熱した肌に、この上なく冷めたい水が心地よく、肌がジンジンと音をたてているような気持ちさえする。これはたまらない。

思わず「アー」と声が出、「ウー」となり、「アハー」と首すじを湯ぶねのふちにのせて、しばし天井をあおぐ。

体の表面の、何十万だか何百万だかの毛穴が、全員総毛だって喜びにうちふるえている。

毛穴も嬉しいだろうが、毛穴の持ち主だって嬉しい。

サウナの快楽は、この一瞬にこそある。

摂氏百度とかの灼熱(しゃくねつ)の密室の中の時間が楽しいはずがない。

この一瞬を味わいたいために、灼熱の時間をじっと我慢しているのだ。

冷めたい水の歓喜は、何回くり返しても等質の喜びを与えてくれる。何回くり返しても「アー」と声がもれ、「ウー」とうなり、「アハー」と天井をあおぐことになる。

ところが、せっかく灼熱のサウナでウンウンうなりながら我慢したのに、そのあと水風呂に入らない人もけっこう多い。

サウナを出て、生ぬるい湯につかって、けっこう「アー」なんていって満足している人がいるがああいう人の気がしれない。

サウナ室を出てから、ロビーでヤクルトなんかを飲んでいる人もいるが、ああいう人の気もしれない。

ロビーでビールを飲んでいる人もいるが、ああいう人の気もしれない。

サウナを出たらビヤホールに行くべきである。ビヤホールがなかったら養老乃瀧でもつぼ八でもどこでもいい。そういうところへ行って串かつで生ビール中ジョッキを飲むべきである。サウナのロビーなんかで、生ぬるいビールなんか飲んじゃいけないのッ。

串かつにソースをたっぷりかけ、玉ネギの部分と肉の部分を一挙にかじりとり、アグアグと噛みしめ、口の中を玉ネギと肉とソースとコロモで脂まみれにさせたのちゴックンと飲みこみ、ここでおもむろに冷めたく冷えてズシリと重い中ジョッキを取りあげる。

そして、ングングングと、そうですね、せめて十ングまではジョッキを口から離さないでいてほしい。

なぜかというと、最初の三ングぐらいで口の中の脂が洗い流され、それから口の中がビールだけの味になり、その次に口の中が少しずつ冷めたく冷えていく。

この「口の中が少しずつ冷えていく」のを味わうのも、ビールの快感の一つだと思う。

ある一定の時間、ビールを口の中に流し続けなければ口の中は冷えない。

それがちょうど十ングあたりで最高潮となるのである。

冷めたく冷やされた口の中を、冷めたく冷えたビールが、ピチピチと泡だってはじけながら通過していく。

まず、上あごが冷めたくなり、次に舌の中央が冷めたくなり、歯、歯ぐきと冷めたくなっていって、唇も冷めたく冷えているのにふと気づく。

口の中を全面的に冷やしながらビールが通過していって、連続的にノドの下方に落下しつつある間、何も考えられずビールの冷めたい泡だちと、ホップのホロ苦さを味わうことに専念する。この間中、ずっと幸せである。

しかし幸せの時間は常に短い。

最初の十ングのあと、二度めにジョッキを取りあげて飲むビールは、もはや最初の十分の一の値うちもない。

（『食後のライスは大盛りで』一九九五年）

# 自分部分史・帽子史篇

自分史というものがはやっているらしい。

会社を定年退職したおとうさんたちが、退屈まぎれにまず最初に取りかかるのが自分史の編纂（へんさん）だという。

自分はこれまでいかに生きてきたか。

定年という区切りを契機に、一度総まとめをしておきたいという気持ちになるらしい。
○年○月○日、○○県○○町○○番地にて産声をあげる。
父　○山□男
母　　△子
と書いているうちにだんだん気分が高揚してくる。文体も荘重になっていく。
内村鑑三風気分になっていき、
「余はいかにして定年退職を迎えしか」

という気分になっていく。

課長どまりだった人も、主任補佐で終った人も、次第に〝余気分〟になっていき、格調もどんどん高くなっていく。

したがって、どうしても全体が偉人伝風になる。

ジョージ・ワシントンの桜の木の枝を折るサワリ、野口英世が囲炉裏（いろり）に落ちてやけどをした手をジッと見て医者になる決意をするサワリ、そういう自分なりのサワリもさり気なくひそませてある。

パソコンを駆使し、ところどころに記念の写真を配した簡単なものから、ちゃんとした出版社に頼んで立派な本に仕立てている人もいる。

「ある田螺（たにし）のつぶやき」とか「杉並四丁目の柳」などといった凝ったタイトルをつけ、厚手の箱に収めた立派なものもある。

ぼくの友人たちはちょうど定年退職の時期にさしかかっていて、そうした自分史がときどき送られてくる。

正直いって、こういうものは読んでもひとつも面白くない。

「余はいかにして定年退職を迎えしか」といわれても、他人の人生に人はあまり興味を抱かないものである。

知人の家を訪問して、その家のアルバムを見せられても退屈なだけというのに似ている。

しかし、アルバムというものは人に見せたい。

わが人生を人に知らせたい。

その気持ちはよくわかる。

回顧は楽しい。

回顧は記録を生む。

せっかくの記録はやはり人に見せたい。

ぼくもわが偉人伝を綴りたい。

そういう時期にもさしかかっている。

だが、そういうものを綴っても、人は読んでくれないことが今回のことでよくわかった。

たしかに、自分本体について書いても、人に読んでもらうほどの面白いことなどひとつもない。

本体付属品史というのはどうだろう。

これなら多少は人に興味を持ってもらえるのではなかろうか。

そんなことを思ったのは、つい先日、テレビを見ていた時だ。

NHKの教育チャンネルで、昭和史のようなことをやっていた。

終戦直後の街の様子が次々に映し出されている。

ＮＨＫラジオの街頭録音風景、お米の配給所における配給風景、銀座四丁目をジープで行くアメリカのＧＩ、列車の屋根にしがみついて買い出しに行く人々……。

それらを見ていてふと気がついたのだが、当時はなんと多くの男たちが帽子をかぶっていたことか。

当時の男たちの八割以上がなんらかの帽子をかぶっている。

兵隊あがりの男たちが、戦時中にかぶっていた戦闘帽をそのままかぶっているのは理解できる。

だがそのほかにも、中折れ帽、山高帽、鳥打ち帽、正ちゃん帽、登山帽などなど、帽子をかぶってない人のほうが珍しいほどだ。

どうして当時はみんなああして帽子をかぶっていたのだろう。

子供たちもみんななんらかの帽子をかぶっていた。

日本の風俗史上、あんなにもみんなが帽子をかぶっていた時代はほかにないのではないか。

漫画のサザエさんの波平さんは、外出時には必ず帽子をかぶっていたし、各家の玄関には帽子掛けというものが大抵あった。

来客は玄関で帽子を脱いで挨拶すると、それを帽子掛けにかけて家の中に入ったもの

だ。

そうしていま、青年は別にして、街中で帽子をかぶっている人はほとんどいないといってい い。

いまサラリーマンが中折れ帽をかぶって会社に行ったら変人あつかいされるにちがいない。

実をいうと、ぼくは、みんなが帽子をかぶらなくなったいまの風潮を心の底から喜んでいる者なのである。

みんなが帽子をかぶっている時代には、ぼくも帽子をかぶらなければならなかった。

ぼくにとって帽子は、これまで常に災いの種であった。

なぜか。

この「なぜか」が、ぼくの帽子史でもあるのだ。

余がこの世に生まれて初めてかぶった帽子は正ちゃん帽というものであった。

あ、いかん、冒頭からつい〝余気分〟になってしまった。

毛糸で編んであって、てっぺんに丸くて大きな房がついている。

セピア色に変色した写真の中のぼくは、正ちゃん帽をかぶって白くて大きなケープを肩にはおっている。

正ちゃん帽に白いケープ、これが当時の赤ん坊の正装なのであった。

その次の写真はもう三歳になっていて、白い登山帽のようなものをかぶり、白い幼児用エプロンをかけて母親の胸にしがみついている。

ずいぶん長い間写真を撮ってもらってなかったじゃないか、と思う人もおられようが、貧乏な家庭のアルバムはどの家も写真と写真の間隔がとても長かったのだ。

その次に帽子をかぶって登場するのが小学校一年生でピカピカの学帽をかぶっている。

わが帽子史上、かなり本格的かつ大物の登場である。

帽子のツバがピカピカ、正面の大きな真鍮（しんちゅう）の徽章（きしょう）がピカピカ、両サイドの小さな徽章がピカピカ、黒い帽子の布地がピカピカ。

この学帽は、どういう経緯だったかは覚えてないが、帽子本体に徽章が取りつけられないでわが家に到着した。

父と息子はこのピカピカの徽章をピカピカの帽子に取りつけることになるわけだが、

この「徽章取りつけの儀」はいまでもはっきり覚えている。

桜の花を形どった徽章の裏には、ブリキの薄片でできた止め金がハンダづけされている。

まず帽子の正面にキリで穴をあける。

真新しい帽子に穴をあけるときは、父子ともども緊張するのであった。

穴をあけて二枚になっている止め金を通し、帽子を裏返す。裏に通っている二枚を右と左にきっちりと押し倒し、ギュッと押しつける。そうして、また帽子を裏返し、きちんと正面に、右にも左にもかしいでないことを確認し、父と子は思わずニッコリうなずき合うのであった。

この帽子はかぶるたびに、〝急に偉くなった自分〟を感じることができた。

この帽子をかぶって鏡に映っている自分は、どう考えても偉くなっているのだ。

夏になると、この学帽の上半分に白い布のカバーをつけるのが当時の習慣だった。

夏になって水泳の時期になると、水泳帽というものをかぶることになる。

赤とか白とかの布でできていて、頭にピチッとかぶるようにできている。

これがどうもきつい のだ。

大きいサイズをかぶっても頭に入りきらない。強引にかぶろうとしてアゴひもが切れたこともあった。

「なぜ入らないのだろう」

少年にはまだ自分の頭の大きさに関する自覚がなかったのだ。

学帽もきつくはあったがとにかく入った。しかしこの薄い布でできた水泳帽は調節の余地がない。

仕方なくスソのほうを少し切って、水泳帽はようやく入った。

運動会のときの赤帽白帽も苦手だった。

だが、ただ単に苦手というだけで、まだ〝自分の頭の不幸〟という認識はなかった。

中学は、疎開先の栃木県の片田舎で迎えた。

当時は、中学に入ったからといって、中学校用の新しい帽子を買うということはなかった。

小学校一年のときからのものを流用するのである。

そのかわり、中学生であるというシルシとして、白線を一本帽子に巻きつける。

学校によって二本のところもあった。

この白線がかっこよかった。

小学生はみんなこの白線に憧れた。

「ぼくも早くあの白線を巻きたい」

小学校の五、六年になると、誰もがそう思っていた。

白線は村の文房具屋で売っていて、一メートルいくらという売り方だった。

それを買ってきて自分で帽子に縫いつける。

この作業は母親に頼まず、誰もが針と糸を不器用にあやつって縫いつけていた。

この白線をつけるタイミングがむずかしかった。

小学校を卒業して四月初旬の中学の入学式を迎えるまでの間、いつつけるか、毎日毎日ジリジリしながら悩んでいた。

級友のだれそれはもうつけたぞ、とか、いくらなんでもそれは早すぎるんじゃないか、とか、情報を交換しながら毎日ため息をついていた。

それにしても、小学校の一年生のときから六年間かぶりつづけた帽子はあまりにも傷んでいた。

ツバには折れ目ができ、帽子本体から取れかかっていた。

このことをぼくの周囲のいろんな人に話しても、

「エ？　そんなこと知らない」

と言われるばかりなのだが、これはぼくの疎開先の栃木県の一帯だけのことだったのだろうか。

文房具屋で帽子のツバを売っていたのである。

「エ？　ツバだけを売っていた？　知らないなあ」

と、いまだにみんなに軽蔑まじりに言われる。

中学入学を機に、白線を入れるついでに帽子のツバを新調する生徒が多かった。ツバだけ新調、というのが哀れだが、当時は誰もそんなふうには思わなかった。

どうやってツバを帽子に取りつけるのか。

説明書などいっさいなく、針と糸をあやつって縫いつける。

とにかく強引に縫いつける。

この作業もなぜか母親にやってもらうものではなく、自分で取りつけるのが村の習わしだった。

本職の帽子屋さんでさえ、あのカチカチに硬いツバを帽子本体に縫いつけるのはむずかしい仕事のはずだが、まったくのシロウトが、しかも小学校を卒業したばかりの児童が縫いつけるのであるから、その不様さはいうまでもない。

帽子のツバというものは、いくぶん下を向いているものだが、シロウトの児童が縫いつけたツバは上を向いてしまう。

昔の慶応大学の帽子のツバは、六大学の中では一番上向きかげんだったが、あれどころではなくピンと反り返ってしまうのである。

村中の中学生の帽子のツバが反り返っていたから、自分の帽子がヘンだという自覚はまるでなかった。

この〝ツバの反り返り〟が、やがて大きな事件につながることを、この少年はまだ知るよしもなかった。


中学校二年生の十月過ぎ、ぼくは疎開先の栃木県から東京の八王子の中学校に転校してきた。

転校してきてまもなく、休み時間に級友の一人がしみじみと、

「おまえ、アタマ、でっけーなー」

と言ったのである。

まわりにいた連中も、しみじみと、

「でっけーなー」

と、あらためて感嘆するのであった。

そのときまで、ぼくは自分のアタマが大きいことに気がつかなかった。

そのときまで誰も指摘してくれなかったのである。

水泳帽が入らなくて自分で帽子のスソを切ったときに、なんだかアヤシイナという気持ちはあったが、大きいせいだとは思わなかった。

そうか、ぼくの頭は大きかったのか。

「ちょっと、おまえの帽子貸してみろ」

ということになった。

一人がかぶり、

「オーッ、前が見えねー」

と言った。

そいつはまたよりによって頭の小さい奴で、深々とかぶった帽子は目の下まで下がり、確かに前は見えねーにちがいなかった。

「おれにも貸してみろ」

ということになり、

「オーッ、おれも見えねー」

「おれも見えねー」

という騒ぎになり、女子生徒もなんだなんだと近寄ってきて、突然襲った不幸にぼくはうろたえて膝からくずれそうになった。

「それにヨ、このツバ。なんだよこのツバは」

事態は新たな方向に進展していくのだった。

「こんなツバ、見たことねーなー」

ということになり、

「よせよ、こんなツバ」

と、改善命令までが下されるのであった。

「な、やめろよ、これ。こんなのやめて新しいのにしろよ」

そのころ、まずいことにこの中学校の周辺では、不良少年は帽子のツバをわざと上向きにしてかぶるという風潮があった。

つまり、ショージは不良ぶってる、ととらえられたのである。

本人としてはとんでもない解釈ではあるが、いかんせん帽子は堂々と不良少年であることを表明しているのだ。

ある日の休み時間に、一見、何気なく始まったようにみえる「おまえのアタマ、でっけーなー」発言は、実はある程度仕組まれていたようなのだ。

「あいつの帽子のツバ問題に、いつかケリをつけにゃいかん」

という暗黙の了解がみんなの中にあったのである。

確かに、反り返ったツバの帽子をかぶっているのはぼく一人だった。

学校の名誉のためにも、この不良少年を改心させなければならぬ。

ぼくはその日、家に帰ると両親にきょう学校であったことを簡潔に伝えた。

両親は、中学生活もあと少ししかないし、新しい帽子を買っても一年とちょっとしかかぶらないわけだし、第一、帽子っていくらすると思ってんの、というような意外な方向に話は向かっていき、話は曖昧なまま打ち切られた。

それからしばらくの間、やむをえぬままその帽子をかぶって登校しているうちに、事態は、

「ジョージをなぐる」

という話に発展していった。

こらしめのためになぐるよりほかないという結論に達したらしいのである。

そのことを、面白半分にぼくに伝えるものがいたのだ。

ぼくは考えた。この事態をどう打開したらいいのか。

帽子をかぶらずに登校、ということを考えついた。ただし帽子は手に持つ、という姑息な手

段を考えついたのである。

これにはクラスのボスもどう対処していいかわからず、毎日毎日考えているうちに卒業の日がやってきてしまって、ぼくはなぐられるのをまぬがれることができた。

このことがあって以来、ぼくと帽子の間はうまくいっていない。

第一、自分の頭が大きいことを知ってしまった。

帽子が似合わないということも知ってしまった。

巨頭の人で帽子が似合う人は一人もいない。

そしてまた、極端に頭の大きい人用の帽子はめったに売ってない。

みんなが帽子をかぶらない時代がやってきて本当によかった。

（『とんかつ奇々怪々』二〇〇四年）

# 猫の時代

これからは「猫の時代」だそうだ。
猫的生き方をする人が増えてくるらしい。
また、そういうライフスタイルが認知されてくるらしい。
猫的な生き方とはどういう生き方か。
朝日新聞の正月七日の紙面によればこうだ。
ベタベタした人間関係が嫌い。
気まぐれ。
自分のスタイルを頑固に守る。
基本は自己愛。
人と手をつなごうとするが、すぐ切って、またつなぐ。
デジタルな機械が好き。

心地よい「安定」より、不安定な「変化」を望む。

と、まあ、こんなようなことであるらしい。

つい最近、「カウチポテト族」なんぞという言葉も聞かれるようになった。

これなんかも、猫的な種族といえそうだ。

ニューヨークあたりから発生した種族だそうで——

人とあまり交(まじ)わらない。

どこへも寄らず会社からまっすぐ帰る。

途中、コンビニエンスストアに寄る。

そこでポテトチップを買い、カウチ（ソファ）に寝ころんで大型テレビでレンタルビデオなどを深夜まで見る。

と、いうんだそうだ。

要するにクライ奴である。

「一人遊びが好きな少年」というのは昔からいて、こういう奴はみんなから嫌われ、ますますクラク一人遊びにふける、というクライ循環に陥っていったものだが、これからは、こういう連中が市民権を得るようになるらしい。

しかしぼくなんかにも、人から離れて一人になるとホッとするというところがあり、多少カウチっぽいというか、ポテトっぽいというか、そういう傾向は少なからずあった。

しかし、このことは、人前で大っぴらに出来にくかった。

何しろこれまでは軽薄短小の時代で、軽妙明朗がもてはやされていたから、多少でもクラっぽい面は隠すのが時代の風潮だった。

だがこれからは違う。

〝カウチ〟容認の時代になるらしい。

孤立ＯＫ、手前勝手ＯＫ、陰気ＯＫ、人のことなど知らんＯＫ、まさに猫の時代ということになる。

都市化は、すなわち猫化である。

さしずめ双羽黒などは、猫の時代の幕開けのトップバッターということになろうか。

こうなってくると、その方面の専門家に、猫の特性、その習性、行動様式、物の考え方などを教授していただき、す早く身につけておいたほうがいい。

時代の先取りは大切なことである。

そういう専門家を講師として招き、講演会の一つも開いて勉強しなければならない時期にきているといえる。

その方面の専門家とは誰か。

たくさんいるには違いないが、やはりその本家家元といえば、それは当人であるところの猫そのものということになるのではないだろうか。

# 猫のパスポート

幸いにして、わが家には飼猫が一匹いる。一昨年の暮れに、縁あってもらわれてきた三毛の雌猫である。

通称ニボ。

フルネームをニボシという。

話はちょっとそれるが、近年、犬猫の世界も社会性を帯びてきている。

保健所への登録にはちゃんとした正式の名称が必要だし、海外勤務に家族ともども猫なんぞを連れていくときは、猫の〝パスポート〟も必要だという。

かかりつけの医者、すなわち主治医なんてものもできて、わが家のニボにも、庄司ニボシ殿、というハガキがくる。

その後の健康状態はいかがですか、なんてハガキがくる。

〝人間ドック〟に類するものもあり、これは

〝猫の人間ドック〟ということになり、かなりややこしい。

〝猫のパスポート〟のほうは、くわしいことは知らないが、ファーストネーム、ミドルネーム、ラストネームを書きこむ欄もあるという。

「うちのは、みんなで、ミーちゃん、とか呼んでるんですけどね」

なんてことでは済まされない時代になっているのだ。

「ま、ミーちゃんならミーちゃんでいいけど、ミドルネームは？」

などと、当局から厳しく追及されることになる。

話をわが家のニボシに戻そう。

名前の由来は簡単明瞭で、ニボシが大好きなのでニボシということになった。

つい昨年までは、ただの駄猫であったのだが、年が明けたら急に時代の寵児（ちょうじ）ということになったわけだ。

たちまち講師である。

本来ならば、外からお招きして、お茶の一杯と、お鳥目（ちょうもく）などもさしあげて講演をお願いしなければならないところなのだが、幸いにしてわが家には講師が住みこんでおられる。

住みこみの講師だから気易く頼むことができる。

ぼくは早速、ニボ先生に講演をお願いすべく家の中をさがしまわった。

ニボ先生は、陽のサンサンと降りそそぐ廊下で、急に華々しい存在になったことも知らずに丸くなって眠っておられた。

陽の光のなかで、深々と眠っている猫ほど人の心をなごませるものはない。

無心、無防備、こんなにもくったくなく、のびのびと、憂いなく、ほしいままの眠りを眠るケモノがほかにいるだろうか。

手足を伸ばしたいだけ伸ばし、拡げたいだけ拡げ、体のなすままにねじれ、反転し、ちぢこまる。

泥のように眠る、というのとも違い、まさに眠りを謳歌している、というふうにみえる。

そこには何の悩みもなく、過去も未来もなく、老後も物価も教育問題もなく、人間関係のもつれもなく(あたりまえか)、要するに〝憂い関係〟から一切離れた眠りを眠っているのである。

生物にはこういう眠りもあったのか、こういう生き方もあったのか、と、見ていてしみじみ嬉しく、しみじみ心がなごみ、心の底から救われたような気持ちになる。

自分もこのように生きられたら、と思う。

こういうことをいうと、

「そりゃあんた、誰だってそうしたいですよ。そうありたいですよ。でもそれじゃ済まないからこそ、老後とか、物価とか、子供の教育問題とかクヨクヨ悩むんじゃないですか」

という人が出てくると思う。

しかし、ここに現にこうして、それで済ましておられるお方がおられるではないか。

いままでもそういう生き方をしてきたし、これからもそう生きていくであろう。

「そりゃね、そういう生き方もあるでしょうよ。だけどそういう生き方は、いずれ必ずいきづまります。そうやっていきづまった人、わたし何人も知っています」

という人も出てくるだろう。

しかし猫一族は、この生き方でいままで一度もいきづまったことがなかった。ギリシャ、ローマの時代から、この方針でやってきてことご

と く成功しているのだ。

いきづまって絶滅した種族は数多くあるのに、猫一族は世界中で繁栄するばかりだ。猫はわがままだといわれている。自分勝手でもある。孤立を好み協調を拒む。小心である。猜疑心が強い。気まぐれである。計画性がない。

これらの欠点を、ただ一つの美点、仕草の愛らしさという魅力で補い、その魅力を人間に売って、それ一本で世間を渡ってきたのである。

それでことごとく成功してきたのである。

その性狷介(けんかい)、陰性、などといわれながらも、それを補って余りある魅力を身につけているのである。

無力、無防備でありながら、そっちのほうはすべて人間のほうにおまかせして外敵に対処し、食糧も衣も住も娯楽も、全部人間におんぶにだっこというのが猫一族の経営方針である。ふつうだと、これだけ世話になったら、それなりの恩義を感じるものだが、猫は感じるどころかわがままの仕放題である。

それでも憎まれない特性は、これは十分研究に価する課題ではないだろうか。

一個人としても、国家としても、見習うべき点は限りなくあるような気がする。

サンサンと降りそそぐ陽の光の中で、ニボ先生は深い眠りを眠っておられる。

ぼくは講演会の講師をお願いすべく、ニボ先生の脇腹のあたりをチョンチョンと突ついてみた。

先生は両手両足をノビノビと伸ばした右横臥位の姿勢から、突然、体をねじらせてお腹(なか)ま上、両手左側、両足右側という全面的な大ねじれの姿勢になり、アゴをま上にまっすぐ伸ばすと、再び深い眠りに落ちていくご様子であった。

これでは講演会の開催はムリのようだ。

しかし、と、ぼくは思った。

そう、まさにこれなのだ。

まさにこの姿態、この態度、この応対にこそ、これから猫の時代を生きのびていかなければならないわれわれが、学びとらなければならないものがあるはずなのだ。

先生は、口では何もおっしゃらないが、その一つを態度でお示しになったのである。

一つ一つ勉強させていただかなければならぬ。

ぼくは新しいメモ帳を用意し、その表紙に「ニボ先生言行録」教訓その1と記した。

いまの先生の行動について深く考察してみよう。

ぼくの「お腹ツキツキ」に対し、先生は「大ねじれ」をもってお応えになった。

ここからわれわれが学びとるものは何か。

他人の意思や指示にこだわらずに、先生は自分の意志を貫かれたわけだ。

すなわち「思いどおりに生きよ」、こう先生はおっしゃりたかったのではないだろうか。ぼくは「ニボ先生言行録」の第一ページ目に、「思いどおり生きよ」とメモして閉じ、とりあえずその場を辞去したのであった。


一般に、犬と猫はよく比較される。

犬は従順、猫はわがまま、というのがごく大ざっぱな色分けである。

犬はもともと狼であるからとかく群れたがる。

群れに従属したがる。

忠犬ハチ公の例を俟つまでもなく、忠誠も犬の特性である。

仕事を持ちたがる、という性質もある。

特に頼んだわけでもないのに、番犬の役を買って出る。

玄関に人の気配がすると、その必要もないのに吠えかかったりして、一人で忙しがっている。

人の顔色を読む。

人に気に入られようとする。

お追従をする。やたらに尻尾をふる。

これ、すべて会社人間的旧人類の特性にあてはまらないか。

つまりこれまでは、「犬の時代」だったということができはしまいか。

実をいうと、わが家には飼犬も一匹いて、室内でニボ先生といっしょに暮らしている。二人の間柄は、特に仲がよいというわけでもなく、仲がわるいというわけでもない。互いに敬して遠ざける、という関係で成りたっているようだ。

柴犬の雌で、名前は通称プー、フルネームはプーコである。

顔付きがプーッとふくれた感じなのでプーということになった。

彼女の眠りはニボ先生の眠りとは大違いである。

何か物音がすればすぐに目をさまし、何か体にふれたりすれば飛びあがって起きる。

そしてご多分にもれず、いつも忙しがっている。

用事など特にないはずなのだが、彼女は彼女なりにけっこう忙しいらしい。

また、何か気苦労もかかえているらしい。

衣も食も住も保証されていて、人間関係（ニボ先生との関係）も特に何かがあるというわけではないのだが、常に苦労が絶えないようなのだ。

眠っているときに脇腹を突ついたりすると、ニボ先生なら大ねじれで応えるが、彼女はビクッと飛びあがらんばかりになる。

そのあと急に不機嫌になり、横目でこちらを苦々しそうに睨み、睨んだあと（あ、いかん。ご主人様に対してこういう態度はよくなかった）と思い直し、大急ぎで尻尾をゆ

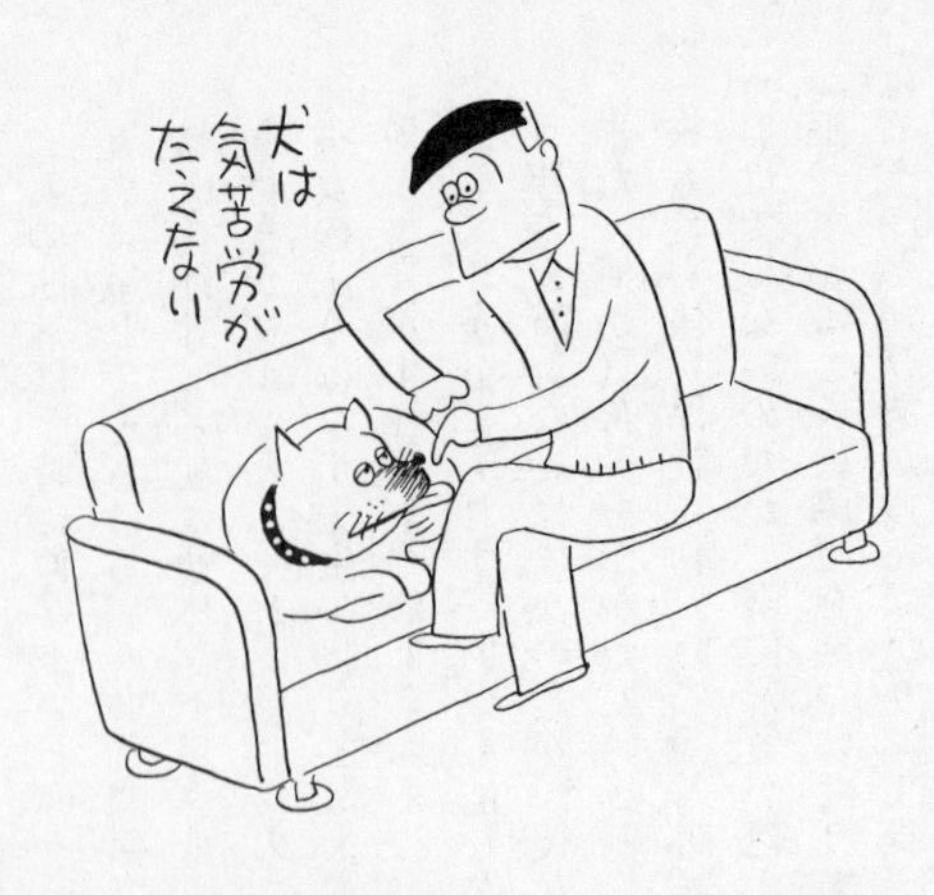


り動かし、それでも不十分だと思うと手をペロペロなめたりする。

そして、（あの、特に用事がないのでしたらまた眠りますけど）と、済まなそうに上目づかいにこちらを見て、それから目を閉じる。

その気づかいを見ていると、自分を見ているようで身につまされて疲れる。ニボ先生のときのように救われない。

講演依頼をあきらめ、廊下で大ねじれのニボ先生のそばを辞去してきてコタツにあたってテレビを見ていると、やがてニボ先生がノッソリと現れた。ようやく昼寝からお目覚めになったようだ。先生は台所のほうからノッソリ現れ、居間を横切って庭のほうに向かわれるご様子である。庭に何か用事があるらしく思われた。

その様子を見れば誰だってそう思う。

ところが先生は、庭に向かう途中、フト、足元に小さく丸めたピンポン玉ぐらいの紙屑を発見されて立ちどまった。

小首をかしげて紙屑を見つめる。

紙屑に、深いご興味を持たれたもののようであった。

先生は右手をおあげになり（猫にも利き手がある）チョ、チョ、と横なぐりに紙屑をおたたきになった。

先生の基本方針として（動かせるものは一応ことごとく動かしてみる）というのがあるのだ。

紙屑は、先生のひとたたきではるか前方に飛んでいった。

先生は驚くべきすす早さでそれを追尾すると、たちまちのうちに捕獲し、打撃し、放擲（ほうてき）し、咬み、味わい、ひととおりの攻撃を終えるとすぐに飽きられ、今度はその場にすわりこむと両足を大きく拡げられて身体の清浄にとりかかられるのであった。

念入りな清浄を終えられると、パッタリとそこに横だおしになり、そのまま再び深い眠りに陥られるのであった。

あの、いかにも用事ありげに庭先に向かう足どりは何だったのだろうか。

庭への用事など、もともとなかったのだろうか。

あるいは、庭への用事はあしたに持ちこして、とりあえず眠くなったのでとりあえず眠る、ということなのだろうか。

先生のこうした気まぐれ、場あたり的行為はしょっちゅう見うけられる。

先生は庭先に来る雀や小鳥に特別のご興味を持っておられ、これらの捕獲をたびたび試みられる。

庭先の雀に猫特有の歩調で一歩、また一歩と近づいていく。お腹を地面にすりつけんばかりに身を低くし、右手をスッと前に出して静かに静かに着地させ、今度はスッと左手を持ちあげる。

そしていよいよ最後の大詰め、お尻モゾモゾに入り、あとはもうダッシュのみ、というときでさえ、頭上にハエが飛んできたりすると先生のご興味はとたんにハエのほうに移ってしまう。大騒ぎでハエを追いかけ、雀は飛びたち、むろんハエなどつかまるはずもなく、しかし先生は何事もなかったかのように、庭から戻ってこられたりするのである。

先ほどの紙屑といい、この雀事件といい、これらの先生の行動からもわれわれは何かを学びとらなければならないのだろうか。

単なる行きあたりばったり、その場かぎりの刹那主義、一貫性のなさ、こんなものからも学びとるものはあるのだろうか。

たしかに先生はその場その場の思いつきで生きておられる。思いつきの連続で人生を過ごされておられる。

ここまでのところには学ぶべきものはないかもしれない。

しかし、それをよしとして、それを確固とした人生観にしておられる。

そこのところが尊いと思う。

そこのところを、「犬の時代」の旧人類としては、来たるべき「猫の時代」にそなえて学びとっておいてもよいように思うのだがどうだろう。

（『平成元年のオードブル』一九九二年）

# 地球滅亡の前夜に「最後の晩餐」

「最後の晩餐」という企画が、雑誌などでときどき立てられる。

「あしたいよいよ死ぬというとき、最後の晩餐としてあなたは何を食べますか」

というものである。

企画としてはまことに安易、まことに陳腐。企画に行きづまったときの最後の砦（とりで）として、編集者なら誰でも頭の中に思い描いているテーマだ。

何人かの著名人にアンケートを出し、それを回収すれば何頁かは確実に埋まる。

「あなたは無人島に行くときどんな本を持っていきますか」

という企画も同様で、「晩餐もの」と「無人島もの」は、安易ものの双璧といわれている。

「最後の晩餐」は雑誌の企画としては陳腐だが、たとえば酒席での話題が途絶えて座がしらけたときなどはまことに有効である。

十人いたら一人ずつ訊いていけば、一人五分ずつしゃべったとして一時間はもつ。

その人がしゃべる内容で、その人の人柄がわかる。人生観もある程度わかる。

ここぞとあれこれウンチクを傾ける人もいれば、

「ぼくは塩むすびさえあればいい」

と、わざとらしく言って遠くを見る目になる人もいる。

でも大抵の人は、これまでに一回ぐらいは、自分の「最後の晩餐」について考えたことがあるのではないだろうか。

そうして、その考えの行きつくところは大体二通りになる。

一つは、

「いつも食べている自分の一番好きなもの」

と、

「いつかは食べたいと思っていたもの」

の二つである。

後者のほうは、

「これまで機会に恵まれなかったから」

「値段が高過ぎて」

という二つの理由に分かれる。

最後の晩餐は、この二つのシバリをいっぺんに取っ払ってくれるわけだ。

シバリを取っ払って、飲めや歌えの大騒ぎにしていいといっているのだ。

「うーん、そうか。だとすると……」

と、ここで急にひとヒザのり出してくる人もいるにちがいない。

「自分の最後の晩餐について、ここらあたりでひとつ真剣に考えてみっか」

真剣に、ということは、真面目に、ということでもある。

そうなってくると、「最後の晩餐」の「最後」の設定が問題になってくる。

どういう「最後」なのか。

あす死ぬ、という「あす」はどういう「あす」なのか。それによって最後に食べるものも大きく違ってくるはずだ。

――ガンでいよいよあした死ぬ――

という設定だったら、ゼーゼー、ハーハーして、とても晩餐どころではあるまい。

――何かの罪で死刑を宣告されてあす死ぬ――

これだって、刑務所の中で、飲めや歌えが許されるとは思えない。

――あす地球が滅亡する――

ま、大体これに落ちつく。

とりあえず自分は健康、だけど地球のほうがダメ、これじゃないと、なにしろ一番食べたいものを食べるわけだから、品物を取り揃えなければならないし買い出しにも行かなければならない。

でもよく考えてみれば、あす地球が滅亡ということになれば、多少の前兆、家鳴り震動ぐらいはあるにちがいない。

いやいや家鳴り震動ぐらいではすまないと思う。大地震、津波、雷、地殻変動、高温、あるいは氷結、そういったものがあるはずで、そうした状況の中で、飲めや歌えは可能なのか。

「だからさ、前日までは全くふつうで、翌日、突然、地球がグズグズになるという線で話をすすめようよ」

と、さっきひとヒザのり出してきた人が言うので、その線で話をすすめることにする。

さあ、最後に何を食べるか。

何を食べて死ぬか。

そもそもなぜ「最後の晩飯」ではなく「最後の晩餐」なのか。

多分これはキリストの「最後の晩餐」が、その考えの根底にあるからだと思う。

晩餐を広辞苑で引くと、〔晩の食事。夕食〕と共に〔あらたまった感じの豪華な夕食〕とある。

なにしろあしたは死んでしまうのだ。

多少ともふだんとは違った内容になって当然である。ということは、ふだんよりは豪華、ということになる。

キリストの「最後の晩飯」では、あまりに寂しく、後世の画家たちも「描いてみよう」と意欲がわかなかったにちがいない。

ん、まてよ、キリストの「最後の晩餐」は一体どのようなメニューだったのだろうか。

外国の貴賓が来日すると皇室主催の晩餐会が催される。

そのときのメニューが、ときどき翌日の新聞に発表されたりするが、キリストの「最後の晩餐」の全メニューは発表されているのだろうか。

キリストは、十二人の使徒たちと、最後の夜、どのようなものを食べたのだろう。

場合によっては自分の「最後の晩餐」の参考になる部分もあるかもしれない。

いや参考にしたりしてはいけないものなのだろうか。

いずれにしてもその内容を知りたい。

どこに問い合わせたら教えてくれるのだろう。

そうだ。レオナルド・ダ・ヴィンチ描くところの「最後の晩餐」を見ればいい。

あの食卓に、最後の食事の全メニューが載っているはずだ。

早速、ダ・ヴィンチの画集を拡げ、「最後の晩餐」のテーブルの上を見る。

絵があまり大きくなく、あまり値段の高くない画集なのでテーブルの上のものがはっきりしない。

中央にキリスト。その右側に六人。左側にユダを含めて六人。

虫めがねを当ててテーブルの上を見ていく。どうもなんだか、よそんちの食事をのぞくのは気がひける。

まず、楕円形で手の平ぐらいの大きさの、コッペパンを小さくしたようなパンが、左から一、二、三……十一個見える。

それからグラスにそそがれた赤ワイン。

グラスはわが国の安い居酒屋によくある「アサヒビール」などの会社名入りのコップから会社名を取り去ったようなものと、足つきのものと二種類ある。

ずーっと虫めがねで見ていく。

ハンバーグなどはないようだ。

画面の左のはじのほうの皿に、黒ずんだバナナみたいなものが二本載っているが、何かはわからない。

ずーっと見ていく。

お新香盛り合わせなどもないようだ。

大小とりまぜて十幾枚の皿がテーブルの上に並んでいるが、なぜかほとんどの皿が空である。

そして、おっ、意外なことに魚の載った皿がある。

大きさも姿、形も鯖(さば)に似ていて筒切りにしてあって横にレモンの輪切りが一切れ添えてある。

以上である。

キリストの「最後の晩餐」のメニューは、パンと葡萄酒と魚と「バナナのようなもの」が二本、それだけだったのだ。

いずれにしても、キリストの「最後の晩餐」はきわめて粗末なものだったのだ。

もっとも「最後の晩餐」はダ・ヴィンチに限らずたくさんの画家が描いていて、「テーブルの上のもの」はそれぞれに少しずつ違っているらしいのだが、大御馳走ではなかったことは確からしい。

ダ・ヴィンチの「最後の晩餐」に出てくる魚

焼いてあるようには見えないので煮たか蒸したか？

そーかー。

こうなってくると、われわれの「最後の晩餐」もあまり派手なことはできないような気がしてくる。

もっと厳粛な、悲しみに満ちたものにしなければいけないのだろうか。

「でもさ、何もあんたがキリストと同じにしなきゃならんことはないわけでしょ」

と、さっきのひとヒザの人が言う。

そりゃ、そうだ。

いくらなんでも、パンと鯖とワインだけじゃ、ふだんの食事より貧しい。

なにしろこの食事をしたあと、次の日死んじゃうのだ。

思い残すようなことがあってはならない。

今生（こんじょう）の見納め、今生の食べ納めなのだ。

したがって多少の奮発、いくらかの贅沢、いささかの無駄使いは許されるはずだ。

というより、多少とかいくらかとかいささかというような問題ではないような気がする。

なにしろあした地球はグズグズになるのだ。

多少ではなく、全部、今宵一夜で食べ尽くさなければならないのだ。

贅を尽くさなくてはいけないのだ。

よーし、わかった。そういう決意で、「最後の晩餐」のメニューを決めていこう。

「…………」(考えているところ)

和食。

意外にスッと決まった。

和食、ゴハン……。

そうなのだ、ぼくの場合どうしても最後に食べたいものはゴハンなのだ。ゴハンを基本にして生きてきたからだ。

こうなるとあとがスラスラ決まってくる。

「最後の晩餐」のメニューの一つに、まっ先に、迷うことなく決まったものがある。

それはちょっと長くなるが、

「吉祥寺のハモニカ横丁の一番右はじ奥の角のところにある干物専門店Nのシャケ(極

辛）の切り身を二枚」

　であった。

　このシャケは、身が薄くて（厚さ約一センチ）なのに一切れ四五〇円と高い。

　高いけどそれだけの価値があるのだ。

　塩がきついにもかかわらず、ある種の発酵がからんでいるらしくて複雑な塩気がたまらない。

　おいしい上に極辛だから、これ一切れでゴハン十杯は軽くいける。

「だったら二枚は要らないんじゃないの。あしたは死んじゃうんだから一枚は確実に残っちゃうし」

　と、さっきのひとヒザが言う。この人はよく見ると岸部一徳に似ている。

　この人は真の贅沢というものを知らないようだ。こういうときこそ真の贅沢を実行しなければいけないのだ。

　ぼくはこのシャケの一番おいしいとこだけを食べたいのだ。すなわち皮だけを剝がして食べたいのだ。

「でも、そうすると残った身のとこがもったいないじゃないですか。それに残った身がゴミになって、地球の環境問題を考えれば……」

「つまらん。おまえの話はつまらん」

と、ここはひとつ大滝秀治さんに大声で叱ってもらいましょう。

環境問題も何も、地球はあしたグズグズになってしまうのだ。

何を言っとるんだ、一徳は。

まず塩ジャケ決定、エート次は、

「…………」（考えているところ）

さつま揚げ。

いきなりさつま揚げが浮上してきた。

理由はわからない。

最後なんだから、もっと気のきいたものが浮上してくれないと困るのだが、浮上してしまったものは仕方がない。

でもさつま揚げが好きなことは確かなのだ。

さつま揚げの中でも「じゃこ天」というのが特に好きで、「宇和島特産」で「骨ごとすり身にして」あるので、すり身になり切ってない骨がときどき歯に当たっておいしいのだ。

これをトースターで軽く焙（あぶ）って生姜醤油で食べる。

そうだ、ここでビールを飲もう。

ビールは缶ビールでいいや。銘柄はどうでもいいや、どうせ死んじゃうんだから。

じゃこ天は原材料の中に、ソルビン酸という保存料が入っているのが多く、肝臓によくないような気がして本当は食べたいのにひかえたりしていたのだ。

だけど、よーし、思いきって食べちゃうぞ、肝臓なんか気にせずに思いきって五枚食べちゃうぞ、と思ったのだが、思いきってもくそもない、あしたはいずれにしても死んじゃうのだ。

このへんでビールを切りあげて日本酒にいこう。吟醸酒のうんと冷えたのがいいな。

最近の吟醸酒は、一升ビンで二万円なんてのもあるし、今生の飲み納めにはそれもいいな、だけど冷蔵庫にきのうの四合ビンの飲み残りがあるから、もったいないからあれ飲んじゃお、どうせあした死んじゃうんだし、などと、このあたり考え方がおかしくなっているような気もする。

吟醸酒の冷えたのが出てきたので、ここからスラスラと次の食べ物が出てくる。

珍味系。

これはぜひおさえておきたい。おさえておきたい、でいいのかな。

まずコノワタ。だけど高いんだよなー。一ビン四〇〇〇円ぐらいするのもある。

でも今生の食べ納めにぜひおさえたい。

鮎のうるか。高いんだよねー。苦（にが）うるかとか生うるかとかあって、それぞれ二五〇〇円はするなー。でも食べたいなー。

鮭のめふん、ほやの塩から。これはいくぶん安くて一ビン八〇〇円ぐらいかな。

全部足すと、エート、一万円以上か。

珍味だけに一万円も使っちゃうなんて、そんな贅沢は許されるのだろうか。

いずれもかなり塩っぱいものだから、五ビンをいっぺんになんて到底食べられないし、そうすると残りを生ゴミとして出さなければならないし、ビンのほうは燃えないゴミになるわけだし、それにそんなに塩分のきついものをいっぺんに五種類も食べたら体によくないのは明らかだし、でも塩分の害がどうのこうのいう前に死んじゃうわけだからそのことは考えなくていいわけだし、と、地球最後の日の価値観は揺れに揺れる。

と、ここまでは最後の晩餐らしく、うんと贅沢をしたような、ぜんぜんしてないような、なにしろ価値観にかなりの乱れが生じているのでそのあたりのことがよくわからない。

少し落ちつこう。

基本の考えに戻ろう。

要するに、あした死んじゃうわけだから、これまでにあれも食べたい、これも食べたいと思っていた食べ物を全て食べる。

心おきなく食べ尽くす。

だから当然、かなり贅沢なものも許されるし、究極の食べ物、至高の食べ物も許される、と、こういうことだ。

ここまでに食べたものは、シャケの切り身とじゃこ天と珍味のビン詰め、それに缶ビールを一本と冷蔵庫に残っていた吟醸酒を少し飲んだだけだ。

いくらなんでもこれだけでは最後の晩餐としては貧しすぎる。

もう少し贅沢しなくては。

エート、あと何だろ。

そうだゴハンだ。まだゴハンを一口も食べてない。

アジの開きでゴハン。うん、これはぜひおさえたいな。

生卵でゴハン。うん、これもわるくないな。

納豆でゴハン。これもぜひ一口食べてから死にたい。

白菜のおしんこでゴハン。

イカの塩からでゴハン。またビン詰めだけど、はずすわけにはいかないな。

確か冷蔵庫に桃屋のがあったからあれでいいや。

どうもなんだか値段の高いものが一つも出てこないな。

そうだ、問題はゴハンなのだ。おいしいゴハン、すなわち至高のゴハン。

新潟の魚沼の甚作じいさんが丹精込めて作ったコシヒカリを、薪で炊いたゴハン。

しかしなあ、いまからじゃ手に入れるの間に合うかなあ。

なにしろ今夜が最後の晩餐にあたる人が日本中にいるわけだから、至高のゴハンを求める人たちが甚作じいさんのところに押し寄せていることはまちがいない。

玄関あけたら二分でゴハンの、サトウのレンジでチンのパックめしでいいや。

お徳用三パック四九八円のがあるはずだから、あれを食べよう。

残すともったいないから三パック全部食べちゃお。

それからソーメンも食べたいな。

そうそう、流しの下にまだ三束残ってたな、あれも三束全部食べちゃお。

こんなに食べたら太っちゃうけど、太る前に死んじゃうわけだからこれでいいのだ。

そうだ、カニ缶が一個残ってた。

あれも食べちゃわないと。

最後の晩餐は次第に在庫一掃の様相を呈してくるのであった。

（『誰だってズルしたい！』二〇〇七年）

# 白湯の力

おなかをこわして久しぶりに白湯（さゆ）を飲んだ。

そうしたら、これがなんともしみじみと心にしみたんですね。

なんの味もしないただのお湯。

熱くもない、冷たくもないただのぬるいお湯。

おなかをこわしたので、仕方なく飲んだのに、しみじみと舌にしみ、ノドにしみ、心にしみた。

決しておいしいわけではない。

じゃあ、まずいかというと、決してまずくはない。

なにしろまるきり味がないのだから、おいしいとか、まずいとかの世界ではないのは確かだ。

じゃあ、味がないものはすべておいしくないのかというと、そんなことはない。

水もまるきり味はないが、ノドが渇ききったときにゴクゴクとノドを鳴らして飲む冷たい水は明らかにおいしい。こんなにおいしいものはない、というぐらいおいしい。

そういうときは、無味であるはずの水に、甘ささえ感じることがある。

熱いお湯にも味を感じることがある。

フーフー吹いて、すすりこむときの空気の混ざり具合とか、湯の震動などが味のように思えるのだろうか。

少しずつ冷めていく温度の変化が、微妙な味の違いのように感じるからだろうか。

この両者を比べると、白湯は明らかに完全な無味だ。

世の中の、無味派の大代表。

街角に並んでいる缶飲料の自動販売機の中は味が氾濫している。

甘いですという方向、無糖ですという方向、発泡という方向、酸味ですという方向、ビタミンですという方向、あらゆる方向の飲料がズラリと並んでいる。

白湯は何の方向も持たない。発泡もしないし、ビタミンも何もない。

缶売機によく書いてある「冷たーい」という方向もなければ、「熱ーい」という方向もない。

ただ「ぬるーい」と言ってるだけだ。

味が氾濫する世相の中で、白湯はひたすら沈黙を守りつづけている。何も発言しないし、何も主張しない。

ではこのへんで、実際に白湯を一杯飲んでみることにしましょう。

何の味もなく、冷たくもなく、熱くもなく、何も発言しないし何も主張しないはずの白湯が、実は意外な実力の持ち主であることをわれわれは知ることになる。

白湯を飲む湯呑みは、丈の高い深みのあるタイプではなく、底の浅いタイプがよいように思う。寿司屋の大型湯呑みなどはなるべくなら避けたい。

小さめ、浅めの湯呑みにやや少なめ。

丼にナミナミというのも避けたい。

いま、小さめ、浅めの湯呑みにやや少なめの白湯をそそぎました。

湯呑みからはほんの少しの湯気。

そのかすかな湯気が、

「あらかじめ断っとくけど、何の味もしないよ。それでいいんだね」

と言っている。

もちろん当方はそんなことは十分承知している。承知の上で一口すすりこむと、

「何の味もしないじゃないか」

と、どうもなんだか不満を感じる。

白湯は気まずく口の中を流れていく。

二口目。

「こんどもまた、何の味もしないけど、本当にそれでいいんだね」

と白湯が念を押し、こっちも、

「たったいま、そのことはよーくわかったから」

と言い、二口目を飲む。すると、

「本当にもう、もうちょっと何とかならないの」

という不満がまたしてもわく。

〝飲み物というものは飲んだら必ず味がある〟という習慣が、舌にしみこんでいるのだ。

ここでつい、

「ここに玉露園の梅こんぶ茶入れてみっか」

とか、

「永谷園の松たけのお吸い物の素入れてみっか」

という誘惑にかられる。

白湯の初心者は必ずそういう誘惑にかられる。

味のないことが何だかとてもじれったいのだ。じれったくて、思わず湯呑みの中をのぞいてしまう。

「本当に居るのかー」

と声をかけたくなってしまう。

湯呑みの中にちゃんと居るのだが、どうもなんだか居ないような気がしてしまう。

思わず湯呑みをゆすってみる人もいる。

さざ波が立って、ちゃんと居ることがわかる。

そのじれったさをこらえて三口目。

依然として味はない。四口目。

このあたりから、どういうわけか心がしみじみしてくる。

立って飲んでいた人は、四口目あたりで椅子を探し、五口目あたりですわりこむことになる。

六口目。

なんだか滋味のようなものを感じる。

ただのお湯だから、滋味なんかあるはずないのだ。七口目。

なんだか感謝のような気持ちがわいてくる。内省的になる、というのとも少し違って、温かくて静かな感謝。

冷たい水をコップでグーッと飲むと、

「サアー、いっちょいったろかー」

というようなシャッキリした気分になるが、白湯はその逆の気分になる。

白湯教というのはどうだろうか。

広い講堂のようなところで、大勢の人がすわって白湯を飲んでいる。

ただそれだけの宗教なのだが。

（『ショージ君の養生訓』二〇〇九年）

# 明るい自殺

つい先日、近所のスーパーマーケットでこういう老人を見た。

その老人は、かなりくたびれてはいるがかつては上等だったであろう上下そろいのスーツを着ていた。

その下は小ざっぱりした白いワイシャツでネクタイはしていない。

年齢は七十二、三歳だろうか。

フチなしのメガネをかけ、白髪まじりの頭はいちおう七・三に分けられている。

老人は少しヨチヨチした足どりで、スーパーマーケットの人混みの中を、人の流れと反対の方向から歩いてきた。

老人は両手に何も持っていない。

スーパーマーケットの中の人は、必ず手に何かを持っている。少くともスーパーのカゴを持っているものだ。

老人は首をまっすぐにして歩いていた。

スーパーマーケットの中の人の視線は必ず下を向いている。

商品を一つ一つ見るため、首を前に傾けているはずだ。

老人が、このスーパーマーケットをただ通過するために歩いているのではないことは、ときどきコーナーを曲がったり、また戻ったりしていることでわかる。

老人の目は何も見ていなかった。

そして、ズボンのファスナーが全開であった。

そこから白いブリーフのようなものが見えていた。

老人の服装が小ざっぱりしているということは、この老人の世話をしている家族がいることを物語っている。

この老人の毎日はどんなものなのだろう。

朝起きて、ゴハンを食べる。

もはや朝刊を読む習慣はないにちがいない。

そして家族に服装を整えてもらう。

老人はフラフラと家を出て徘徊を始める。

その日、老人は途中どこかのトイレでおしっこをしたにちがいない。

そのあとスーパーマーケットに入ったにちがいない。

おしっこをしたとき、ズボンのファスナーをしめ忘れたのだ。

でもいまのところは、ブリーフの外に出したものを、用を済ませたあとブリーフの中にしまうという意識はまだ残っている。

だが、この意識がなくなる日は近い。

少くとも一年後にはなくなっているはずだ。

そのとき彼は、ブリーフの中にしまうべきものをしまわずに、スーパーマーケットの人混みの中を歩いていくはずだ。


いま、誰もがこういう老人になる可能性がある。

あなたも、いずれスーパーマーケットの中を、ブリーフの中にしまうべきものをしまわずに歩いて行くことになるのだ。

いや、オレはならん、そんな恥さらしなことは絶対にせん、と言っても、そうなってしまったときには、当人にはモノが出ているという自覚がまるでないのだ。

いまどんな決意をしても、そんなものは何の役にも立たないことは、これまでのたくさんの事例が物語っている。

この老人は、日本人には珍しくホリの深い顔をしていた。

フチなしの上等らしいメガネ、上等らしい服装から考えれば、つい十数年前までは相当な地位にあった人なのかもしれない。

銀行の重役だったかもしれないし、文部省の高級官僚だったかもしれない。

大きなビルの大きな机にすわってハンコを押しながら、自分が十数年後、スーパーマーケットの中を、モノを出したまま徘徊している姿を想像していただろうか。

こういうふうになってしまったあとの彼の人生とは一体何なのだろう。

まだモノは出していないのに、出していることにしてしまって彼には申しわけないが、出してしまったことにして話をすすめたい。

いま彼は何のために生きているのか。

こうなったあとも、彼はさらに五年、十年、十五年と生きていくにちがいない。

その五年、十年、十五年にどういう意味があるのだろう。

男は、自分の尊厳を守るために生きている部分がかなりある。自分のエネルギーの、少くとも三〇％ぐらいはそのために費しているのではないだろうか。

男は、人に馬鹿にされることを嫌う。

人に疎(うと)んじられることを嫌う。

人に軽蔑されることを嫌う。

人に尊敬されることを好む。

そのために彼は精一杯の努力をしてきた。

自分のエネルギーの三〇%をそのために費してきたのだ。

その彼が、いまこうして、モノを出したまま人混みの中を歩いている。(まだ出してないって)

人間は、人間としての尊厳を守って生きてこそ人間ではないのか。

恥さらし、という言葉がある。

恥さらしなことだけはしたくない、というのが誰もの願いだ。

だが、まさにこの老人はいま〝恥さらし〟のまっただ中にいるのだ。

これからの人生の毎日毎日が、恥をさらす毎日となるのだ。

この老人は、いまのところ徘徊だけのようだからまだいい。

世の中には、うんこを壁になすりつける老人とか、夜中に大声で叫びつづける老人とか、ゴミを拾ってきて家中、庭中に積みあげる老人とかもたくさんいるといわれている。

ぼくももしかすると、十数年後、一生懸命自分のうんこを壁になすりつけているかもしれない。

夜中に大声で叫んでいるかもしれない。

そうはなりたくない、そうはしないつもりだと、いまいくら言っても、こればっかりはどうにもならないのだ。

いまの自分は、将来そうなった自分を許せるのか。

許せる人はいないだろう。

自分の尊厳だけの問題ではない。

そうなってしまった自分を、介護する人たちの問題も考えなければならない。

自分の恥しらずな行為のために、周辺の人たちに大変な迷惑をかけることになる。

呆け老人を介護するほうが参ってしまって、死んでしまったという話もよく聞く。

現状では、介護は家族によって行われている。

介護というのは、一人の人生のために、もう一人の人生のほとんど全てを犠牲にすることである。

もう一人の人生を奪うことである。

そういう事例はいまや枚挙にいとまがない。

呆け老人になってしまった人の人生は、もうほとんど意味がない。

当人にとっても、もちろん意味がない。

自分がもう何者であるかさえもわからないのだから、意味を問うことさえ無駄なことだ。

周辺の人にとってももちろん意味がない。意味がないどころか迷惑そのものである。

そんな意味のないことのために、自分の人生を犠牲にするぐらいむなしいことはない。

しかしそれは仕方のないことなのだ、というのがいまの道徳律ということになっている。

はたしてそうだろうか。

高齢化社会といういままで人類が一度も経験したことのない現象に直面して、人々はいま混乱している。

設備も制度も混乱している。

そして道徳律も混乱しているのだ。

これからの人間は、二つの人生を強いられることになる。

呆けるまでの人生と、呆けてからの人生の二つである。

呆けるまでのその人と、呆けたあとのその人は別人である。

人中でモノを出さないことを信条として生きた人間と、出して平気という人間は別人間である。別人間ではあるが当人であることもまちがいない。

一番悲しいことは、前半の当人が、後半の当人に全く責任が持てないことだ。

こんな無責任な人生ってあるだろうか。

自分の人生に責任を持たない、なんてことがあっていいのだろうか。

将来、モノを出して人混みの中を歩いたり、うんこを壁になすりつけたりする自分をなんとかして阻止したい。

阻止して自分の人生に責任を持ちたい。

阻止して自分の尊厳を守りたい。

自分の尊厳は自分でしか守れないのだ。

一体どうすればいいのか。

方法は一つしかない。

自殺である。

自分の人生に責任を持つために、自分の尊厳を守るためには、呆ける前に自殺するよりほかはない。

ほんとにもう、これしか方法がないのです。

自殺……と聞いて、ホラ、あなたは急に暗い気持ちになったでしょう。

確かに自殺はあまりにも暗い。

しかし暗いのは現行の自殺……というのはヘンか、いま実際にあちこちで行われている自殺は確かに暗い。

周辺にも多大な迷惑をかける。

家族も肩身の狭い思いをする。

このどうにも暗い自殺を、なんとか明るい方向に持っていけないものだろうか。

自殺は、自分の人生に自分で結末をつけることである。結末をつけることによって、自分の人生に責任を持つことである。

自分の人生に自分で結末をつけてなんのいけないことがあろう。

自殺はむしろ崇高な行為といえるのではないか。

前半は責任持つけど後半はどうなってもしらないよ、という人生のほうがむしろ卑怯（ひきょう）といえるのではないか。

というふうに、みんなが考えてくれるようになるととってもいい方向に向かうと思うのだが。

ま、崇高とまでは言わないが、自殺が普通のこと、としてとらえられるような時代はこないものなのだろうか。

「お向かいの田中さんのご主人、ゆうべ自殺なさったんですって」

「ああ、そろそろだと思ってたんですよ」

などという会話が、ごく普通に語られるような時代は来ないものだろうか。

そのためには、これから様々な対策が講じられなければならない。

まず自殺という言葉を改めなければならない。少くとも〝殺〟という字を取り去ることが必要だ。

自死、うん、これでも暗いな。

そういえば、昔からいい言葉があるではないか。

自決。

潔さがあるし自殺よりいくぶん明るいような気がする。

当分これでいきましょう。そのうちいい横文字なんかも考えられてくるかもしれない。

それから方法も改善されなければならない。

現行のものは、世間から認知されていないゆえに非合法にならざるをえない。

もっと明るい方法、さらに一歩進んで楽しい方法が考えられなければならない。

これだけ生きるための医学が進歩しているのだから、死ぬための医学など簡単なはずだ。

夢みるように死ねる薬など、すぐにも開発できるはずだ。

だが、ぼくが生きているうちには、まずこういう時代は来ないだろう。

つまり間に合わないわけだ。

だから現状の中で取りうる最善の方法というのを考え出さなければならない。

なるべく周辺に迷惑をかけず、なるべく苦しまず、なるべく楽に死ねる方法はないか。

ぼくが考えたのはこうだ。

まず長年かけて睡眠薬を溜めこむ。

睡眠薬とウィスキーを用意する。

これを持って、冬、雪の降る日に樹海に行く。

樹海で死ねば人に迷惑をかけないというわけではないが、他の方法よりはその度合は少ないと思う。

睡眠薬死と凍死という二重装置を施しておけば確実に死ねるにちがいない。

聞くところによれば、凍死をするときはとてもきれいな夢をみるそうだ。

うっとりと、夢みるように死んでいくと言われている。

樹海に入っていく時間はやはり夕方ということになろう。午前中からというのはなんだか気が引ける。

雪の中を入っていくのだから多少の装備は必要だ。

トレッキングシューズにリュックサック。リュックの中には一人用のテント、死ぬのに充分な睡眠薬、ウィスキー一本、いや、足りないと困るから二本。

ウィスキーを飲むのだから水が必要だ。

2ℓ入りを一本、いや、二本。

ウィスキーを飲むのだから当然おつまみも要る。

そんなこと言ってる場合か、ガブガブッて飲んでさっさと死んでしまえ、と言うかもしれないが、どうせ死ぬならなるべく楽しく死にたい。

楽しく酔って、夢みるように凍死したい。

どうせ死ぬのだから、おつまみは自分の好きなものを用意したい。

まず魚肉ソーセージ、さつま揚げ各種、それからワサビ漬、それからカマボコ、カマボコは紅白そろえて持っていくのはまずい。

紅白はお祝いごとだしな。

そうそう、カマボコとワサビ漬があれば板ワサにすることもできる。

それからメザシも食べたい。ぜひ食べたい。ぼくはメザシが大好きなのだ。

そうなるとメザシを焼くコンロが必要になってくる。

アウトドア用のバーナーがあるが、あれを持っていこう。

しかし、なんだかだんだんキャンプじみてくるなあ。

刺身関係はどうか。

刺身はなんだか自殺には似合わないような気がする。

あと柿ピーとかの乾きものを何種類か用意する。

そういったものをサカナに、まずウイスキーの水わりをグイーッと飲む。

あ、でもやっぱりその前にビールをグイーッと一口飲みたいな。

ということは紙コップが要るということになる。

お箸も要る。

というようなやや宴会じみた状況になるわけだから、午前中からというのはやはりまずい。

途中、途中で睡眠薬を飲む。

やっぱり相当寒いだろうな。

ホカロンも要るな。

死ぬのは明け方ごろだろうから、それまでは寒いより暖かいほうがいい。

明け方ごろには、体といっしょにホカロンも冷たくなっているはずだ。

あー、酔いがまわってきた。

睡眠薬も効いてきたようだ。

この酔いは、いつもの晩酌のときの酔いと変わりない。

いつも、このように酔い、このように眠くなっていき、そのまま眠りに入る。

その酔いと少しも変わらない。あした起きないということが違うだけだ。

遠くから犬の遠吠えが聞こえてくる。

生きているうちは、野犬も襲ってくることはないだろう。

あー、眠い。

とりあえずゴロリと横になることにしよう。

テントのすきまから、シンシンと降る雪が見える。

問題はいつ決行するかである。

この問題が実は一番やっかいなのだ。

まだ大丈夫、おれはまだ呆けてない、ホラこんなに判断力だってある、と、決行を先にのばしているうちに、いつのまにか呆けていたというのが一番こわい。

呆けてしまってはもう何もかもおしまいなのだ。

かといって、早まるのもいけない。

まだ十年は大丈夫なのに、

「こういうことは判断力があるうちにしないと」

決行してしまうということもありうる。

寸前というのが理想的だが、その寸前の判断がむずかしい。

など迷っているはずなのに、実はすでに呆けているということもありうる。

（『とんかつ奇々怪々』二〇〇四年）

# 往生際

今回は往生際について考えてみたい。

往生際といっても、それほど大した往生際ではない。

日常経験している、ごく普通の、小さな往生際だ。

たとえば、あなたは毎朝歯を磨く。

歯ブラシに歯みがきをつけ、口の中にそれを突っこんで磨き始める。

で、どうなんです？　どのあたりの歯から磨き始めてます？

上の歯からですか。下の歯からですか。

左奥からですか、それとも前面の歯からですか。

それは、ま、いい。人それぞれだと思う。

上の左奥から始まって、前面に至り、右奥に至って、「上の歯、表の部」を終了せしめ、次に「下の歯、表の部」に移行し、次に「上の歯、裏の部」、「下の歯、裏の部」というコースの人がいるとしよう。

この人は、まず、左奥に歯ブラシを突っこんでガシガシと磨き始めるわけだが、たぶん、左奥を何回ガシガシやったら次の部に移行していくのかは決めてないと思う。

何となく何回かガシガシガシガシとやったら次に移っていくのだと思う。

何回かガシガシやっているうちに、

「頃合いだな」

と思って次に移る。

この〝頃合い〟は、常に曖昧さを伴っているがゆえに、心の中にしこりを残す。

本当にそれでいいのか、その回数でいいのか、いま、オレが磨いた回数は、朝の歯磨きの適正な回数なのか。

いま、回数という言葉を使ったが、何回なのか正確に数えていたわけではない。

そんないい加減な根拠によって下した、

「頃合いだな」

という決断が正しいわけがない。

すなわち、〝往生際わるく〟次の歯に移っていっていることになる。

そうでしょ、毎朝、歯を磨いている間中往生際わるいでしょ。

こういう往生際のわるさは、日常生活の至るところにある。

あなたはある日、温泉に行く。

温泉に行き、部屋に案内され、浴衣に着替え、取るものもとりあえず、スリッパをペタペタさせて大浴場に向かう。

浴室で浴衣を脱ぐ。

前を洗う。

ドプンと湯につかる。肩までつかる。

しばらくして「アー」と言う。

チャプリと右手で肩のあたりに湯をかける。

湯ぶねの前面は緑したたる山なみだ。

（やっぱり緑はいいなあ）

と思う。

もう一度チャプリ。

さて、そろそろ湯から上がるか。

いや、まてよ、もう少しつかって、もう少しあったまってからのほうがいいのではないか。

せっかく来たんだし……。

それに、脱衣室のところに掲示してあった「当温泉の効能」が、体に効いてくるのはこんな短時間では無理だ。

もう少し。

でも、夕食の時間も迫ってきているし。

上がるか。いまか。もうちょっとか。

ふと気がつくと、いつのまにかヨロヨロと湯ぶねから立ち上がっていて、ヨロヨロと立ち上がったことが決断になっている。

ここでも往生際がわるい。

往生際わるく湯ぶねのフチに腰をかけ、ちょっとひと休みして外の景色を見る。

遠い山なみ、近い山なみ、おや、あそこに白く細く見えるのは滝ではないのか、うん、どうやら滝のようだ、などと思いつつ、外の景色に思いを残したまま鏡のところへ行って体を洗い始める。


京都に龍安寺がありますね。

石庭で有名なとこ。

ガイドブックによると、

――わずかの杉苔を除くと一木一草もない枯山水の石庭。三方を低い土塀に囲まれ、

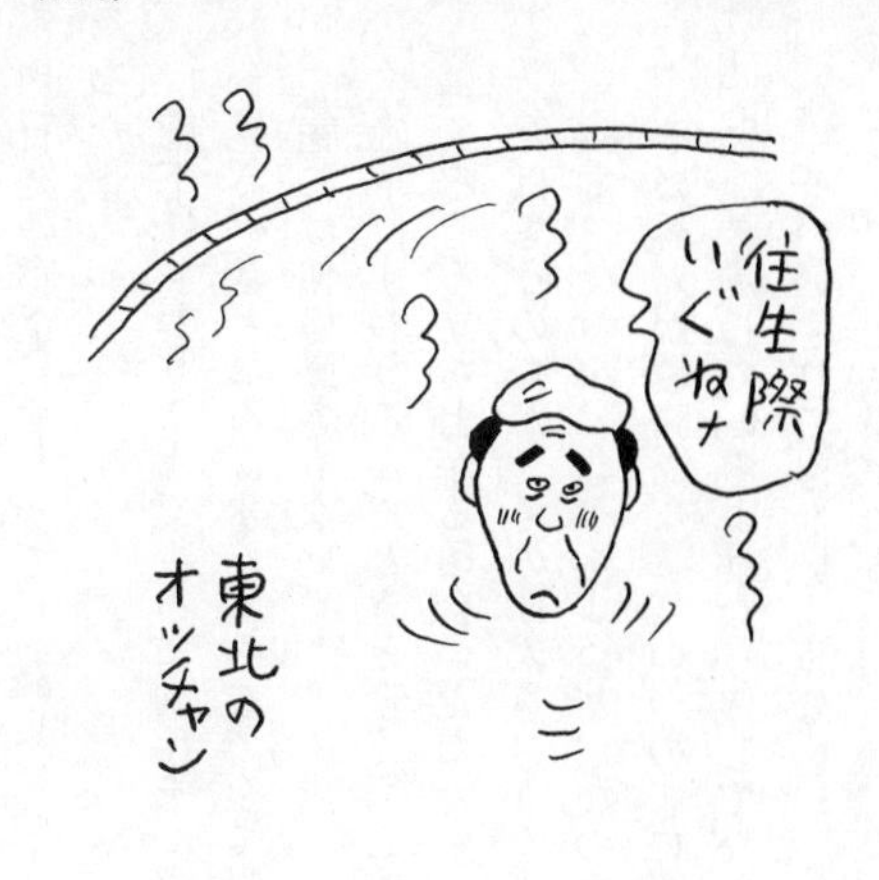


白砂の庭に配された十五個の石は禅の精神を表している。白砂は海原、石は島山、苔は海浜の松林を表すともいわれている。静かにこの石庭を眺めていると幽玄の世界に導かれる――

ということになっているのだが、問題は「静かにこの石庭を眺めている」との部分だ。

何分ぐらい眺めていたらいいのか。

十分なのか、二十分なのか、あるいは一時間なのか、五時間なのか。

このガイドブックに書かれていることをすべて頭に入れて、

「ほう、これが枯山水、一、二、三、四……うん、たしかに十五個、へえー、あの苔が松林ねえ」

と、ひととおりガイドブックと現物をなぞったあと、どのぐらい眺めていたらいいのか。

どのぐらい眺めていると幽玄の世界に引きこ

まれるのか。

ぼくは実際に石庭を前にしたあの廊下にすわりこんだことがあるが、ほとほと参った。石庭の廊下にすわって、〝温泉につかって、いつ出るか〟というのと同じ悩みを味わった。

廊下にすわりこんで後ろに両手をつき、じっと石庭を見ている。見るべきところはすみずみまで全て見終わった。

庭には何の動きもない。

廊下にすわりこんだときと全く同じだ。

「そろそろ立ち上がる頃合いだな」

とは思うのだが、そのふんぎりがなかなかつかない。

いま、なのか、もうちょっと、なのか。

そのへんが曖昧なまま、いつのまにかなんとなくのそのそと立ち上がっている。

未練を残しているような、残してないような、充分すぎるような、飽き飽きしたような、そのいずれでもないような……。

ここでも往生際がわるい。

あなたはある日絵画展を見に行く。

ピカソ展とか、セザンヌ展とか、そういう有名な絵画展だ。

大小様々な絵が五十点ほど展示されている。

「入口」から入って、「経歴」のところをざっと読んで、最初の作品の前に立つ。

最初に展示されている作品は大したことない作品が多いから、ちょっとだけ見て次へ移る。

そうしてだんだん〝大したことある〟作品群のところへ来る。

その作品の前に立つ。

セザンヌの代表作「水浴」の前に立つ。

ここには人々が密集している。

「ホー、これが『水浴』か」

あなたは腰に手を当ててじっと見入る。

そうやって、さっきからずうっとこの大作に見入っているのだが、一体、どのぐらいの時間見つめていればいいのか。

三分ほど感動にひたればそれで充分なのか。あるいは三十分なのか、それとも三時間なのか。

感動のあまり動けなくなった、というのではなく、（このへんでいいかな）とか、（いやもうちょっと）とか、（一生に何度も見られる作品じゃないから念を入れて）とか、

（入場料一五〇〇円も払ったんだかんな）という損得勘定までもが入り乱れて、そう簡単には立ち去れないのだ。

この作品の前を立ち去るふんぎりがなかなかつかない。

（よし、これでいい）

と、ようやくふんぎりをつけて立ち去ろうとして一歩踏み出し、

（まてよ）

と踏み戻り、またちょっと眺め、今度こそと、ようやく次の作品の前に移動し、その作品を見ているうちに、またムラムラと未練が出てきてまた戻ってきたりする。


あなたは女の人と寝る。

やる。

やり終わる。

やり終わったあと、すぐに背中を向けて寝てしまうのはよくないといわれている。

愛情こまやかな男は、やり終わったあと、女の人に腕まくらをしてやって、背中を静かになでてやるという。

そうすると女の人は喜ぶという。

そこであなたは、女の人に腕まくらをしてやって背中をなでてあげる。

問題はいつまでなでてあげるか、だ。

十回か、二十回か、一時間か、二時間か。

いつやめるか、このふんぎりがなかなかつかない。

大抵の男は〝適当なところ〟でやめ、やめたあと、あれで充分だったろうか、相手は不満に思っているのではないだろうか、と思い悩む。

あなたはお盆のある日、お墓参りに出かける。

お墓に着くと、まず竹ぼうきで墓碑のまわりを掃き清める。

墓碑を拭く。墓碑に水をかける。

お花を供える。

お線香に火をつけて供える。

引きさがってすわりこみ、ここでようやく手を合わせる。目をつぶる。

どのぐらいの時間、手を合わせていたらいいのか。

手を合わせ、目をつぶりつつ、後半はそのことだけを考えている。

（もう、いいかな）

（いや、もうちょっと）

（そろそろ頃合いだな）

こういうものには標準がない。

冠婚葬祭に関する本に、

「墓所に於て手を合わせている時間は、全国平均で十秒となっています。明治時代は十五秒から十六秒が全国平均でしたが、世の中の動きにつれ、短縮化の傾向が見られるようです」

というふうに出ていれば、安心してそれに従えばいいわけだが、そういう記述はないから、人々は自分の基準を求めて悩むことになる。

黙禱という風習は、唯一、こういうものへの一応の基準を提示した例といえる。

追悼会と称するものには黙禱がつきものだ。

「大会開会に際して、一分間の黙禱」

ということになり、

「黙禱」

という声と共に人々はいっせいに頭（こうべ）をたれる。

この場合は一分間という厳密な時間制限がなされているから、人々の心は明快だ。

ふんぎり、とか、頃合いというものは一切関係ない。

ただ、

「一分間というのは果たして適正なのか」

　という問題はある。

「たった一分間では、わたしの思いは到底尽くせない」

　という人もいるだろうし、

「長過ぎる。わたしはトシをとっているので目をつぶって長い時間立っているとグラグラする」

　という人もいるはずだ。

「なぜ一分間なのか」

　という人もいるだろう。

　確かに一分間という根拠は何なのだろう。

　一体、誰が決めたのか。

「うちの大会は四十五秒と決めてますが」

　とか、

「うちは無制限です」

　というところがあってもいいはずだ。

　ここに於て、当然、次のようなテーマが浮かびあがってくる。

　そのテーマとは、「心ゆくまで」ということである。

往生際のわるさは、心ゆくまでが伴わないがゆえに味わう感情である。

たとえば朝の歯みがき。

もし、あなたが会社に行く必要がなく、朝、いつまでも、磨きたいだけ、心ゆくまで磨いていられるとしたらどうだろう。

じっくり、ゆっくり、隅々まで、丁寧に、心ゆくまで磨く。

往生際の発生する余地がない。

温泉に行ったら、心ゆくまで湯につかる。

なにしろ〝心ゆくまで〟であるから、

「そろそろ上がろうかな」

「いや、まてよ、もうちょっと」

という問題が発生する余地がない。

浴室の前面の緑の景色も、眺めていたいだけ眺める。

とにかく〝眺めていたいだけ〟であるから、

一時間でも二時間でも眺めていられる。

眺めるのをいったん中断して再び湯につかり、つかりたいだけつかったのち、再び緑の景色の鑑賞に戻ることもできる。

この組み合わせを、何回も何回も続けることもできる。

野球の一回表、一回裏、というのと似ているかもしれない。

九回で足りなかったら、十回でも二十回でも延長してかまわない。

頃合い、とか、ふんぎりどき、という言葉とは一切無縁だ。

龍安寺の石庭も、眺めたいだけ眺めていられる。

眺めているうちに眠くなって居眠りしてしまってもいい。

石庭を眺めながら、コックリ、コックリなんて、なんという贅沢な時間だろう。

「もうこのへんでいいかな」

「いや、もうちょっと」

と、ふんぎりのことばかり考えている時間と、なんという違いだろう。

こう考えてくると、往生際のわるさは、時間と関係があることがわかってくる。

何かをしようとするとき、その前と後ろの時間の制約が、その何かを制約する。

その制約が、〝頃合い〟というものを生み、〝ふんぎり〟を生み、〝往生際のわるさ〟を生むわけだ。

絵画展に於けるセザンヌの鑑賞もそうだ。

仕事の合い間に、何とか時間をやりくりして行くから〝心ゆくまで〟鑑賞することができない。

五十点の作品を一時間で見なければならないとなると、おのずと〝一作品に何分〟という割り算になる。

時間の制約さえなければ、セザンヌの「水浴」も心ゆくまで鑑賞できる。

「水浴」の前で、何時間でも立っていられる。

疲れたら休憩室のソファで休み、再び立ち上がって「水浴」の前に来ればいい。

「そんなこと言ったって、そういう絵画展には終了時間というものがあるでしょう」

などと言う人は、真の〝心ゆくまで〟が理解できていない人だ。

そういう人には、

「次の日というものがあるでしょう」

と言ってやりたい。

一日では〝心ゆくまで〟鑑賞しきれない人は、翌日再びやってきて「水浴」の前に立てばいいのだ。

〝心ゆくまで〟は万人の願いだ。

誰だって、心ゆくまで温泉につかっていたい。

一生に一度ぐらいしか見ることのできない「水浴」なのだから、心ゆくまで鑑賞したい。

ご先祖様にだって、帰りのバスの時間や、帰りの道路の混雑のことを考えずに、心ゆくまで手を合わせていたい。

頃合い、とか、ふんぎり、とか、往生際のわるさとかいうことを考えずに生きていけたらどんなに素晴らしいか。

ここに於て、当然のように次のようなテーマが浮かび上がってくる。

そのテーマとは、「心ゆくまで、とは、どの程度までなのか」ということである。

「よーし、きょうは、心ゆくまで温泉につかるぞ」

という人を例にして考えてみよう。

事実この人には時間の制限がない。

つかりたいだけつかっていられるのだ。

そこでこの人は温泉につかる。

首までどっぷりとつかった。

いつ湯から上がってもいいし、上がらなくてもいい。そういうわけで、この人はもうずいぶん湯につかっている。

そこで彼は自分に問うてみる。

「もう、心ゆくまで湯につかったのではないか」

そうしてまた考える。

「いやいや、まだ〝心ゆくまで〟ではないような気もする」

そこでもう少し湯につかり、

「いまが〝心ゆくまで〟のような気がする。が、もしかしたらまだのような気がする。もう、ちょっと」

(『ヘンな事ばかり考える男 ヘンな事は考えない女』二〇〇五年)

# 4

東海林さだお×平松洋子　対談1

# 地元のこと

## 西荻のライバルはどこ？

**平松**　高円寺のライバルは下北沢と言われているらしいんですが、西荻のライバルはどこでしょうね。昔は吉祥寺と言われていたけど、今やもう違うような気がします。吉祥寺は地価が上がって個人商店がなくなってしまって、チェーン店ばかりになってしまいました。

**東海林**　西荻は個人商店がまだまだ多いよね。八百屋さんとかさ。最近はマッサージと美容院が増えてる。

**平松**　マッサージの店は増殖してますね。路地裏にまで小さなマッサージとか整体とか、もうたくさん。五、六年前はこれほどじゃなかった。ええと東海林さんは昭和何年から西荻に住んでらっしゃるんでしたっけ。

**東海林**　四十五年？

**平松**　半世紀だ。東京オリンピックのすぐ後くらいですね。

**東海林**　日本でマンションって言葉ができた最初の頃で、ライオンズマンションと豊栄マンション、あと元々教会だった西荻マンションが、西荻で最初にできた高層の建物でした。教会が西荻マンションになった時は、光を与えるべき教会が周りを影にしていいのかって反対運動があったりした。
**平松**　いま笑っていいのか迷ってます。街はその頃から様変わりしていますか?
**東海林**　住んでる人が本当に変わりましたね。あとマンションに住んでる人が表札を出さなくなった頃と、新聞取らなくなった頃は一致している。
**平松**　最近、西荻の住人は若い層が増えているように思います。雑誌で西荻特集をすると、地元でも売れ行きがすごいというのも興味深いですよね。住人自身が、住んでいる自分の街を愛している。つまり、好きだから住んでいるという人が多い。東海林さん、そもそも、どうして西荻に移り住むことになったのでしたっけ。
**東海林**　自宅が八王子にあって、そこに近いところで探して。最初は中野だったんです。
**平松**　中野経由で西に流れて定住した、と。私は七〇年代の半ばくらいから西荻の街を知っているわけですが、街全体に流れている空気は今もそんなに変わってないというのが実感です。
**東海林**　当時から飲み屋さんとか食べもの屋さんとかは豊富でしたね。「戎」は昔から変わらず。
**平松**　いまはなくなってしまったけれど、「真砂」はやっぱりなつかしい。東海林さんも野球のお仲間とよく行ってらっしゃいましたよね。親戚のうちに上がったみたいな広い座敷にテーブルがずらーっと並べてあって、みんな肩を並べて寄り合い状態。ローストビーフには、ちゃんとホースラディッシュがついてた。ああいう店はほかになかったから、すごく記憶に残っています。西荻の歴史を紐解くとね、大正期から昭和のはじめくらいまで、中島飛行機製作所があったことでとても賑わっていたそうです。

**東海林**　飛行機の工場。

**平松**　「零戦」のエンジンは、中島飛行機製作所で製造されていたんですって。優秀な技師が集まっていて、勤めている何千人もの人が通るので、西荻窪駅から青梅街道に行くまでの北銀座通りは、通勤時間の朝夕の人口がすごかったそうです。

**東海林**　戦争が終わって身売りして日産になったね。

**平松**　糸川英夫博士も勤めていた時代があったみたいですね。そこに働く人の流れが駅前の飲食店を発展させた側面がある。また、武蔵野界隈の文士の流れもあった。西荻には木山捷平や水原秋桜子、中井英夫らが住んでいたそうです。さらに瀬戸内寂聴さんが出奔した後に住んでいたのが西荻でした。その話は小説『夏の終り』と、『場所』という私小説にも描かれています。昭和二十八、九年くらいのこと。井伏鱒二はお隣の荻窪ですし、阿佐ヶ谷、荻窪あたりの文化人の流れもありましたね。

**東海林**　こけし屋には「カルヴァドスの会」というのがあったらしいね。瀬戸内さんはどのへんに住んでたの？

——木暮実千代さん宅の近くということです。

**東海林**　恐れ多くも木暮実千代邸跡が、ぼくの仕事場のライオンズマンションになったの。

**平松**　ええー、それは初耳！　顎にほくろがある色っぽい人。

**東海林**　お屋敷は三百坪くらいあった。すごい広いですよ。

**平松**　東海林さんは女優では誰が好きだったんですか？

**東海林**　嵯峨三智子と中村玉緒。若尾文子は声が好きだった。しっとりとしてね。

**平松**　木暮実千代はどうだったの？

**東海林**　特に。晩年の上級階級のお母さん役みたいなのしかイメージないなぁ。小津安二郎の『お茶漬の味』。

## 公園にて

**平松**　善福寺公園が西荻の端にあるのがいいんですよね。

**東海林**　吉祥寺における井の頭公園とは違うんだよね。ひっそりと片隅にあって。

**平松**　北の端の方にぽっとあるかんじが。ひょうたん形の池があって、ボートが浮んでいて、周りを歩いても疲れないあのこぢんまり感がいい。

**東海林**　ねえ。有名じゃないのがいいよね。控えめなね。お花見をする人も多いですよ。

**平松**　夏場は朝五時くらいに行くと、高齢の方が示し合わせて集っているんです。こっちで太極拳、あっちでは体操をしてたりして、リーダーがいてそれなりにコミュニティができている。ムラっぽいというか、自分ちの田んぼの見回りに来てるみたいな敷居が低い雰囲気があって。いっぽう、池のほとりで詩吟を唸ってる人もいるし。まあ結局はバラバラ（笑）。

**東海林**　西荻には夕暮れ時の郵便屋さんと、朝の新聞屋さんが似合う。街角を一軒ずつ回るようなね。吉祥寺には似合わないでしょ。

**平松**　あとなぜか西日が似合いますよね。

**東海林**　街全体に日が当たるんだよね。あとねえ、おばさんが似合う。

**平松**　確かに。おじさんは？

**東海林**　おじさんはあんまりいらない。

**平松**　いらないの？（笑）西荻はご老人がのんびり歩いていていいなぁと思います。

**東海林**　老人はあんまり気にしないなあ。

**平松**　それは視覚的に避けてるからでは？

**東海林**　かもしれない。昼間に西荻歩いてる人は中年か壮年。若い人はほとんどいないですね。

**平松**　時間帯によっても違うのかもしれないですね。吉祥女子高校も線路沿いにありますし。

**東海林**　午後三時くらいになると左側の線路沿いにずらーっと並んですれ違う。

**平松**　これは北尾トロさんから聞いたのですが、西荻窪駅から東京女子大に通じる伏見通りは、前期はすごく初々しい新入生の女の子たちが歩いているけれど、夏休みが終わって後期にすれ違うと、かつての初々しさが見事に消え失せていて、そこがめっぽう味わい深いとのことです。トロさんならではの視点に納得させられました。

——平松さんはなぜ東京女子大学に行こうと思ったんですか？

**東海林**　いい質問ですね。

**平松**　そこはもう青春の蹉跌。本当は早稲田に行きたかったんです。でも、父親に「早稲田には行かせん」と言われてしまい。

**東海林**　行かせんって倉敷弁でどう言うの。行かせんねんとか。

**平松**　ねん、って（笑）。「行かさん」って言ってたかな？

**東海林**　ぬだよね。行かさぬ。でもそれを乗り越えて、行きます。行くでーってならなかったの。

**平松**　しかも女子大なら許すって言われちゃったんですよ。

**東海林**　女子大ならばいいと。そこで言うことを聞く平松洋子だったんですか。

**平松**　もうその時は家さえ出られればなんで

もよかったの。だから「わかりました」って言いながら、内心は「ふふっ」って思ってた。

**東海林**　それで寮に入ったの？

**平松**　そこで親に入れられたのが、カトリックの修道院。

**東海林**　修道院！の寮？

**平松**　一階が教会と聖堂で、二階にシスターたちが住んでいて、三階と四階が女子寮になっていたんです。

**東海林**　シスターって何人いるの？

**平松**　十人ぐらいだったかな？　結構大きな修道院だったんですよ。

**東海林**　その人たちは何してんの？

**平松**　修道女ですもの、祈りの生活。その寮に二年半くらい住んで、その後、妹が武蔵野音大のピアノ科に入ったので一緒に住むことになった。

**東海林**　地方のまじめな良家の子女たちがみんな寮に入っちゃうっていうのもすごいよね。平松さんのお父さんって堅物な方なんですね。確か音楽といったらクラシックを聴くような方。

――平松さんは小川洋子さんとの対談「少女から大人になるとき」でお父さんのことについてふれ、食後に一家団らんでクラシックを聴くから早く部屋に逃げ込むということを話されていました。

**平松**　私も中学二年までずっとピアノを習っていました。母にね、ピアノの先生が「この子は楽譜を無視して好きなように弾く」と嫌みを言っていたのを聞いて、さすがに自分でも恥ずかしかったです。

## 西荻ひとつ分

**東海林**　話は変わりますが、平松さんはキャンプってやったことある？

**平松**　ありますよ。嫌いじゃない。
**東海林**　いいよね。
**平松**　癖になりますよね。スキーなんかと一緒で、毎週行きたくなるけど、行かなくなるとぷつっと。もう二十年くらいやってない。子供が小さい時はよく行きました。
**東海林**　なにやっても楽しいよね。尾瀬とか一回行ったけど、良かったな〜。
**平松**　最近いつごろそういう旅をされたんですか？
**東海林**　尾瀬はもう二十年くらい前。西荻中が湿原みたいなところ。遠ーくの山の方から吹いてくる風が、なんとも言えずにいいんだよね。
**平松**　単位の基本が西荻（笑）。通じる人には通じる。
**東海林**　西荻はけっこう広いですよ。僕は旅人は想像力があんまりない人だと思っています。
**平松**　言い切りましたね。冒険家の方と対談されたことありますか？
**東海林**　したことないです。話が合わないから。想像力が豊かな人は冒険できない。好奇心さえあればなんだって、興味の対象になるしね。網戸がずり落ちている家を見るだけで住人を想像します。もう何年ずり落ちてるかって考える。
**平松**　この店の窓から見えてる風景だけでも数時間語れますよね。冒険家は、きっと西荻の風景を見てドキドキしたりしないと思う。ふーん、って感じで。西荻はね、歩いていて楽しいですよね。雨降っても楽しいし晴れても楽しい、そういう街がだんだんなくなってきているように思います。
**東海林**　高円寺でも阿佐ヶ谷でもないし。西荻ってタイトルがつけられない街なんですよね。何何な街、西荻とか。

**平松**　ひとくくりにできないというか、ばらばらというか。タイトルを、街自体が柔らかく拒んでる感じがする。好き勝手やってるので放っておいてね、みたいな。微妙な揺れ幅があるところが心地いい。そういえば十年くらい前、雑誌の街特集を見てたら、西荻に「民度の高い街」って見出しがついていて、びっくりした。

**東海林**　異界の人に使う言葉みたいだよね。

**平松**　文化的と言いたかったのかもしれないけれど。ここはフツーの街です。

**東海林**　西荻いいとこですよ、本当に。

（『ｃｏｙｏｔｅ』二〇一六年）

# 創作とショーバイ

## 東海林さだお×平松洋子 対談2

### ユーモアは商売になるか

**平松** 東海林さんが初めて連載をされた作品『漫画文学全集』で、漫画において文学をテーマにしたのは画期的でしたね。意表を突かれる着想です。

**東海林** あれは連載を続けるために、一連のシリーズ的なタイトルがあった方がいいんじゃないかなと思ってつけただけなんです。

**平松** 『漫画文学全集』ってすごい大風呂敷を広げたのに、じつは便宜上だった（笑）。それにしても太宰の作品が多いんです。

**東海林** 含羞の人ってこと？

**平松** 自分で言いましたね（笑）。

**東海林** 大学生の時に太宰治を読んで、含羞という言葉を知ったんです。あの言葉は太宰が作ったんじゃないかな。昔は含羞を辞書でひくとなかった。いまはあるけど。

**平松** そうか、含羞って新しい言葉だったんですね。自意識を表す言葉。

**東海林** 大学二年生くらいの時、当時は新宿の紀伊國屋書店がまだ二階建てで、そこで初めて太宰治に出会ったんです。店内でしばらく立って読んで、そのまま買って読みながら新宿駅まで歩いて、中央線に乗っている間も家に帰ってもずっと読んでた。あの頃は本を読みながら新宿の街を歩けたんだね。

**平松**　青年はたちどころに太宰にもっていかれた。それからぐっとのめりこんだんですか。

**東海林**　筑摩書房から出ていた『太宰治全集』全巻、それこそ書簡集も読んで、美知子夫人が書いたものや、山岸外史や檀一雄といった友人が書いたものも、太宰に関係するものはとにかく全部読んだ。でも、太宰が好きだとは恥ずかしくて人には言えなかったよね。

**平松**　当時から太宰は通過儀礼というか踏み絵のような存在だったんですねえ。

**東海林**　そう。「なーんだ、まだ太宰か」っていう（笑）。太宰は卒業するものだった。

**平松**　太宰の次に夢中になった人は誰かいましたか？

**東海林**　石川啄木。啄木も本当にはまって、一時期は全部覚えていました。今でも二十個くらいそらで言える歌がありますよ。「函館の　青柳町こそ　かなしけれ　友の恋歌　矢ぐるまの花」という短歌、当時好きでした。すごくきれいでしょう。街の名前が出てきて、矢ぐるま草が出てきて。啄木は詩もたくさん書いていて、新体詩という流れを汲む蒲原有明や北原白秋も好きでした。独特のリズムがあるんですよ。若山牧水も読みました。それが青春時代です。あまり知られていないけど、太宰はユーモア小説を何編か書いていて、「黄村先生言行録」「不審庵」や「畜犬談」なんておもしろいよ。犬を徹底的にけなしてるの。

**平松**　「畜犬」って表現がすごいですね。太宰の自虐とか卑屈とか、いろんな負のニュアンスが犬に託されている感じがする。

**東海林**　いや、ユーモアなんですよ。だけど太宰の全体の作品の中ではほとんど評価されていない。ユーモアはなかなか商売に結びつかないんですよ。今お笑いがすごく人気だけど、あれはユーモアとはいえない。本当のユーモアはなかなか理解されないから、商売にならない。

**平松**　東海林さんは、自分のユーモアの表現は人に伝わっていると思いますか？

**東海林**　伝わる人には伝わってる。ユーモア愛好人口はどんな時代でもいて、たぶん全体で見て一〇％いるかいないか。僕の本だととりあえず一万部は売れるから、僕的なユーモアが好きな人は一万人はいるんだなと。

**平松**　一万人って、数はきっぱりしてるけれど、いまひとつリアリティが感じにくい数字かもしれないですね。小説家の野口冨士男は純文学作品は真に怖ろしい三十人の読者を大切にすればよいと書いていて、それはそれで背筋が凍りました。東海林さんは、ユーモア人口は一〇％という認識なんですね。一定の読者がいると確信することは、自分が描く時の支えになりますか？

**東海林**　えーとね、安心するね。

**平松**　自分を信じて描きたいことを描いていいんだ、という自己承認ということでしょうか。

**東海林**　通じている、これでいいんだと。でも自分が「こういう思いを伝えたい」と思っても、それが一〇〇％伝わることなんてありえないし、ちょうどいい言葉だって用意されているわけじゃない。だから描いている時はあまり理解を求めていないところもある。バランスを考えているかというと、考えていないかもしれない。

**平松**　「商売」だからこそ、自分自身への信頼感は必要ですよね。

**東海林**　それはものすごく必要です。万能感が必要。万能感というのは何でもできるということではなくて、この部分に関しては自分は人に負けない、誰にも負けないという意識です。それがないとだらだらとやっちゃうから、自信・自負は自分を向上させる時にはすごく必要です。

**平松**　以前話していたとき、東海林さんはエッセイの場合は綿密に書き直すとおっしゃっていましたね。散文の場合は推敲を重ねて削ったり加筆したりという作業を重ねられるけれど、漫画は一度展開を構築したら、図式がきっちりしているから、描きながら崩したり直したりするのは難しいのでは？

**東海林**　いや崩せないですよ。一回ストーリーを作って、枠を作ったらそこから先は動かさない。動かせない。

**平松**　描いている時、同時進行で覚悟も度胸も要求されるということですね。でも毎回ちゃんと着地させなきゃならないし、実際に枠のなかで着地させてみせる。漫画ってすごいと思う。

**東海林**　漫画家はそれでお金をもらってますからね。でも文章は違っていて、毎回きちんとオチがあることで、かえって安っぽくなる場合がある。

**平松**　癖というか、安心感というか、とかく論理で繋げようとして失敗することがおうおうにしてある。でも、「ショージ君」は身をもってそれを突破しようとしていますね。

**東海林**　そうなんだよね。散文は前の文章、散文そのものがそうですよ。文章、散文は前の文章があって、それを受け継いで次。それじゃつまんない。詩の飛躍を散文に取り入れると、面白い。散文って本当に飽きるんですよね。

## 拒絶から始まる創作

**平松**　東海林さんが原稿料をもらったのは、『漫画文学全集』の連載が最初ですか？

**東海林**　そう。二十九歳の時で、当時の原稿料が一ページ二五〇〇円だった。一ページから始まって、最終的に八ページになったから、二万円？　連載があれば、サラリーマンよりはちょっといいよね。当時自分の口座を持っていなかったから、原稿料を小切手でくれたんです。これどうすりゃいいのと思ってさ。発行元の銀行窓口まで行って替えてもらうんだけど、銀行がまたすごい遠いところにあるんですよね。そんな時代が三、四年ありました。

**平松**　昭和四十年くらいですね。当時の二五〇〇円って、どれくらいの価値だったんでしょう。

**東海林**　えーとね、ラーメンが三〇〇円しないくらいの時代かな。ソーセージ定食という一番安い定食は四五円で、魚肉ソーセージ一本を斜めに切って、マヨネーズをつけただけ。

**平松**　ええー！　お味噌汁は？

**東海林**　味噌汁とごはんと魚肉ソーセージだけ。しかも半分。

**平松**　魚肉ソーセージだけがおかずの定食ってすさまじいですね。

**東海林**　いや、あの頃の定食屋にはよくあったよ。でも四五円以下の定食はなかった。

**平松**　つまり魚肉ソーセージが一番下。

**東海林**　そう。それを三食食べたとして、一三五円だから、二五〇〇円で一週間は食える。当時の新人の原稿料はみんな二五〇〇円だったけど、今思うとどういう根拠だったんだろう。三〇〇〇円でもないし、二〇〇〇円でもないし、二五〇〇円。でも大学は中退だけどもし卒業していたとして二十二歳で、それから漫画で原稿料をもらうまでの八年、よくまあ食ってたなあと思う。

**平松**　実際どうやって食ってたんですか？

**東海林**　実家が酒屋をやっていて、そのレジをごまかしつつ。レジの引き出しの奥を探ると、相当な収入に（笑）。昔のレジは電動じゃなくて、開ける時に「チーン」って音がするから、音がしない方法を発見してね。少しずつ……。

**平松**　配達とかもやってらっしゃったんですか？

**東海林**　やりましたよ。ミゼットって三輪車で。苦労してんですよこれでも。

**平松**　まあそういうことにしておくとして（笑）、昭和の頃の働き方は、自営かサラリーマンかでぱっきり分かれていましたよね。

**東海林**　ほとんどがサラリーマンだった。親父も最初はサラリーマンで、定年でやめてから酒屋を始めたんです。その前僕は、茨城県に近い栃木県の山の中に疎開して、母親と農業をやってたの。イノシシがいて炭焼き小屋があって、というような環境で本格的な農業をやって、なんでも作りましたよ。

**平松**　お父さんは東京で働く傍ら、お母さんとまだお少年と……。

**東海林**　姉が。父は単身赴任。

**平松**　疎開ですね。お母さんが畑を作られたのは初めての経験だったのではないですか。

**東海林**　もちろん。昔の農業の基本って、草むしりなんですよ。五〇メートルくらいの畝があってこっちからむしっていって、端まできたら戻ってむしって、ひたすら草むしり。それがすーーーごいつまんなくてさ。草ってこっち側むしってとりおえて、向こう側までむしって終わると、もうこっち側が生えてるの(笑)。

**平松**　絶望的な速さで生えてくる(笑)。

**東海林**　シーシュポスの神話ってあるでしょ。石持ち上げて転がして終わると、また落とされて、いわば神様からの罰……農家の草むしりはまさにそうなんですよ。全部取り終えるともう次が……。それが一回じゃないのよ。一年中。「これが農家なんだ」って思ったと同時に、「この商売だけは嫌だ」と子どもながらに思った。あれは原点になっているね。

**平松**　原点というのは、拒否感ですか?　これだけは嫌だという。

**東海林**　拒否感。これだけはとりあえず絶対、一生やりたくない。それくらい嫌だった。収穫の喜びなんて子どもはほとんど感じないし。

**平松**　魚柄仁之助さんの『台所に敗戦はなかった』という本を読んでいたら、和食は今でこそだしが基本の文化と言われてすごくまとまりがあるように聞こえるけれど、その一方で明治期に伝播した洋食文化をあっという間に咀嚼して、すごくハイカラだったサンドイッチを味噌サンドや漬け物サンドや海苔サンドにしていくような「なんでも食べてやる」「生き残っていくんだ」っていうガッツが日本人の基本にあると書かれていて、すごく共感したんです。地べたを這ってでも生きる精神と、草むしりが基本みたいな農業の在り方はどこかで繋がっていますよね。

**東海林**　共通する部分があるね。

**平松**　草むしりってほとんど自分との対話ですよね。

**東海林**　草むしりが趣味の人もいるよね。自分が無になる。でも少年だよ?　将来夢のある少年が、大きい草とか小さい草とか……(笑)。

**平松**　ただひたすらに。それはお母さんにやれと言われてやっていたんですか。

**東海林**　もちろん強制的に。草って少しむしらないと、しつこく生えてくるんですよ。もうねえ……。よく草むしり休憩で仰向けになって草の中に寝ていると、雲が流れていくのね。雲の塊を見て、あそこに乗っかったら、ずぼっと落ちないものなのかなあとか、ずーっと考えてました。

**平松**　『ノンちゃん雲に乗る』。さだお少年も雲に乗ってみたかった。

**東海林**　それほどつらかったんだね。本当につらかった。面白くもなんともない。

**平松**　「これだけは嫌だ」という感覚って、強ければ強いほど大事な原点になり得るのかもしれないですね。やってもやっても終わらなくて、その不毛感というか拒否感みたいなものが、表現に関わりたいという欲求を生み出した。

**東海林**　今思うとそうかもしれない。草むしりでもいいっていう人生もあるし。そしてその時に手塚治虫という人がいたのが鍵ですね。

**平松**　草むしりと手塚治虫！

## 手塚治虫の衝撃

**平松**　その頃の少年たちにとっての漫画、文学ではなく漫画という文化にはどういう意味合いがあったのか、今思い起こすといかがですか？

**東海林**　とりあえず手塚治虫です。輝いていた。日本中の少年を惹き付ける吸引力でしたね。手塚さんが初めて漫画雑誌に描いた時、まだ手塚治虫という名前さえ知らなかったけれど「すごいなこの絵は！」と思って見ていました。

**平松**　漫画という表現より、手塚治虫という存在におののいた。

東海林　だろうね。そう思う。とにかく画期的だったんですよね。それまでの漫画は、コマの中に一人の人物がいると、必ず全身、足の先まで入っていたんです。手塚さんが初めて、上半身だけのコマや、上から見た視点のコマ、といった技法を使った。

平松　映像的に切り取って革新的に表現した大スター。手塚治虫を憧れの的として少年たちは育った。

東海林　当時は日本中にそういう少年がいっぱいいたの。長嶋茂雄がいたから野球少年が増えたのと同じです。漫画に光を与えた人だね。中学生の時から漫画家になりたくて、漫画描いて友達に授業中に回して見せて。

平松　投稿もしたんですか？

東海林　投稿はしなかった。なぜかしなかった。

平松　その頃は『漫画少年』とか……。

東海林　『冒険王』『まんが王』『譚海』っていうのもありましたね。

平松　私は「鉄腕アトム」「ジャングル大帝」、そして少女漫画「リボンの騎士」で手塚治虫という名前と漫画というものを認識しました。

東海林　倉金章介の「あんみつ姫」は？

平松　「あんみつ姫」も覚えているけれど、ちょうど成長の過程で出会ったのが「リボンの騎士」。主人公・サファイアの、少年なのか少女なのかわからない両性具有的な存在にただならぬものを感じていました。サファイア、今考えても、ものすごく不思議な存在感だったなあ。大人の言葉で言えばエロティックな存在というか。

東海林　子どもが対象の漫画なのに、大人を持ち込んでるよね。

平松　そうですよね。だからあんなに、ぐっと鷲摑みにされたのかなと思います。太ももから出てるタイツとか、なんだかドキドキしちゃって。

**東海林**　えっ。

**平松**　あの頃の女子はちょうちんブルマを穿かされていて、そのブルマのゴムが、ももにちょっと食い込むんですよ。それをやけに生々しく思っていたんだけれど、サファイアの脚はブルマが食い込むこととはまったく無縁で、「鉄腕アトム」のアトムに通じるような、肉々しくない太もも。

**東海林**　あっ、自分のタイツじゃなくて。自分の太ももの話を始めるのかなと思った。

**平松**　違いますよ（笑）。あっ、太ももで思い出したんですけど、安西水丸さんの少年時代の話で、千倉で海に潜っていた海女さんたちが番小屋で暖を取っているとき、焚き火で身体があたたまってくると、赤いたこ状の模様が太ももに浮きあがってくる、と。水丸少年は海女さんの太ももに赤いのが浮き上がってくるのを横目でじーっと見て、ただならぬものを感じていたそうです。

**東海林**　この話はこれくらいでいっか。

**平松**　まあそのくらい、少女時代に「リボンの騎士」という存在自体が気になった。ノートによくサファイアの似顔絵を描いてましたもん。しかし、よく男の人があんな存在を作り出しましたよね。ぞくっとする。鉄腕アトムにしても、大人なのか子どもなのか、少年なのか少女なのか、人間なのかロボットなのか、曖昧で。この世とあの世を行き来しているような両性具有的な意味を考えると、リボンの騎士と鉄腕アトムはすごく似ていると思う。

**東海林**　それは新しいね。それは手塚さん自身であったかもしれない。手塚さんには多分、両性的なところがあったんだよ。手塚治虫研究における発見ですね。

**平松**　じゃあブルマの話も意味があったわけですね。

**東海林**　ブルマってどういう語源なの？　ブルーマ？　ブルマ？　ズロースの語源は？　あれは大正期から昭和の一時期の言葉だよね。パンティの余裕のあるやつ。

**平松**　余裕のありすぎるやつ。いきなりショージ君になった。

**東海林**　とにかくね、大天才が突然現れたの。だから手塚治虫が現れなかったら、今の漫画はできなかった。

## 人間の可笑しみ

**東海林**　向田邦子が初めてのエッセイを『銀座百点』に連載した時、文章的にはほとんど無名でしたが「あーこの人すごいなあー」と思って、僕の編集者だった文藝春秋の新井信さんに電話して、「新井さんこれすごいよ」って教えたの。それで新井さんが急いで『銀座百点』の編集部に行くと、『銀座百点』を読んだ他社の編集者たちが順番待ちで並んでいたんだって。

**平松**　伝説になっているわけですね。この間、樹木希林さんとお話をした時に「人間っていうのは可笑しいものなんだ」という視点を、樹木さんや久世光彦さん、向田邦子さんは森繁久彌さんから学んだとおっしゃっていました。樹木さんは文学座にいらして女優としての活動を始められた初期『七人の孫』で森繁さんの娘役として出演して、森繁さんに出会った。この作品を機に樹木さんは一躍人気女優となるのですが、そこに久世光彦さんが演出家、向田邦子さんが脚本家として参加していた。森繁さんと出会うことで、久世さんはテレビの演出家としてなにを描いていけばいいのかを学んだし、向田さんは脚本家として、もしくは文章を書く上で重要なのは可笑しみだと学んだ。向田さんの作品がなぜ今も人に読み続けられているかというと、「人間は可笑しい」ということを描いたからなんだと思う、と。

**東海林**　森繁久彌さんのその視点はありますよね。

**平松**　樹木さんが疎開から帰ってきた当時のお話なんですが、戦後の食糧難の時代、神田に住んでいた親戚のおじさんが、お堀の鯉を獲ってきたんですって。一升瓶の底のところに荒縄をぎゅっと縛って火をつけて、熱くなったところをがんっと叩くと底が抜ける。その瓶の口に小麦粉の団子をくっつけて、底と口に縄を通してお堀の中に沈めると、鯉が入ってくる。入ったところを引き上げて、鯉を横抱きにして大急ぎで家に帰ってくる。音がすると周りにばれちゃうから、火熨斗のアイロンを鯉の表面に押しつけて鱗を取って、それをみんながお箸を持って囲んで、じーっと待っていたんだと。みんな食べることに必死なんだけど、滑稽なんですよね。まさに、向田さんの小説を読んでいるような可笑しみを感じる話です。そこから森繁さんの話になって、「向田さんは、そういう人が必死になっていることの可笑しみみたいなものを書きたかったんだと思うんだよね。そして向田さんは森繁さんに出会わなかったら、ああいうものは書かなかったと思う」と。

**東海林**　まあ何やっても可笑しいね。人間は。

**平松**　何やっても可笑しいんだけど、必死になったり、本気であればあるほど、哀れなほどに可笑しいのかもしれません。

**東海林**　人間って普通じゃないよ。何やっても変なことをしてる。それを発見できるかどうかですよね。みんな意外に発見できない。

**平松**　それをずっと持続しているのが「ショージ君」ですよね。太宰の作品にも通じるのですが、東海林さんの作品の重要な要素に「自虐」があります。人に向かう攻撃性とか社会に向かう糾弾ではなく、あくまで自分を手段にするというのは徹底していますね。

**東海林**　あのねえ、自虐は楽しい。

**平松**　自虐は楽しい。ということは、自虐によって思いもよらないものが現れてくるということですか?

**東海林**　自分で自分をいじめるとすごい楽しい。危ないですよね、自虐趣味。自虐っていうのはひとつの解決なんですよ。自分自身に向かって「ざまあみろ」って感じ。

**平松**　東海林さんは努力がお好きで、同時に自分はワーカホリックだと、つねづねおっしゃいますよね。努力とワーカホリックは、自分で自分に負荷を与えることで思いもよらなかったものを獲得できる快感という意味で、通じているんだと思います。

**東海林**　努力は趣味の一種なの。女好きとか遊び好きとか貯金好きと同じ水準。努力が好きって言うと偉いとか立派だとかすごく評価されるけど、一生懸命登る立場は同じなんだよね。博打好きも入れてもいいよね。平松さんは努力好き?

**平松**　はい。だから、女好きと努力好きが等価値というのは、よくわかります。

**東海林**　わかってもらって嬉しい。

**平松**　人間ってどこかで快楽とか楽しみがないと長く続けていけないから、博打と努力は対極のように言われるかもしれないけど、ある種の快感がもたらされる感覚は共通していますよね。その原動力が女でも、博打でも、努力でもいい。

東海林　ご褒美ですよね。要するに人生は好きに生きなさい。これが結論（笑）。努力は人生の基本じゃないの。みんな、努力しましょう。楽しく努力すれば楽しいよね。

## 衰えは罪悪か

東海林　でも向田さんは、あの若さで亡くなったのはすごく有利ですよね。もし生きていて、今もエッセイを書いていたら、どうなっていただろう。

平松　そうですね。向田さんは何もかも封印してしまいました。

東海林　人は衰えるからね。赤塚不二夫さんも手塚治虫さんも、一つの物語としてあらゆる人がその一代を語っているけど、晩年については誰も語らないでしょ。晩年の作品はずいぶん衰えていた。みんな知らないけど、そういう時代があったんです。晩年は衰える。あらゆる人、特に芸術家は衰えるよね。

平松　でも世間では衰えるということを、ネガティブなものとして受け取りがちではないですか？　作品の衰えだけを捉えなくても、その人の長い作家生活のうちの一部として、または、味のうちとして捉えられなくもない。

東海林　いやそんなことはありません。その人の歴史ではいいよ。けど作品だもん。世間の認める作品の価値からしたら、明らかに若い時と、晩年の違いがある。

平松　衰えちゃいけない。

東海林　いけない。いけません。衰えていいことなんてことありえないでしょ。怒るよ（笑）。

平松　でも、やっぱり衰えは避けられないこと。

東海林　その時は引退だね。だって自分でもわかるわけでしょ。「あー俺は衰えてるなー」

って。それなのにしがみついてたらみっともないじゃん。大多数は一旦下り坂になったら下っていくんだから。時々ぽこっと上がるかもしれないけど。

**平松**　その、ぽこっと上がるときがまた来るかどうか、こればっかりは誰にもわからない。人によっては、しがみつくことで悪くないものを生むかもしれない。

**東海林**　悪くない。だめ。許さん。え、いいの？　それ。認めちゃうわけ？　衰えることを。「衰えてる私の作品です」って見せるの？

**平松**　いえいえ、そうではなくて、何が言いたいかというと、だめになり方も一つの芸になることがある、と。だめな時も歯を食いしばって呈示するのも、ある種の責任の一つかもしれないし、本当にむずかしいですね。境目がきっぱりあるわけではないし。

**東海林**　許してくれみたいな？

**平松**　世間に対して許してくれという意識があったら、ただの甘えになってしまいますものね。いっぽう、絵の具を足したり削ったり、長い歳月をかけて自分の納得のゆくまで作品を描き続ける画家もいる。締め切りのない作品に取り組むとき、どの時点で絵が完成するとか、終着点がいつ訪れるとか、自分自身で結論を出さなきゃいけない。描きながら、よくなっているか、だめになっているか、自分で判断しなきゃならないって怖いことですよね。

**東海林**　ほんとだよね。ひとつの作品をずっと描き続けることもできれば、いつお終いにしてもいい。でも、それを自分で決めるのは大変なことだ。

**平松**　東海林さんは、どういう時になったら自分で自分に引導を渡そうとか考えることはありますか。

**東海林**　自然にわかるんじゃない？　世間の評価とかさ。

**平松**　世間の評価と自分の評価は、ずれがないものですか。

**東海林**　いや、僕はわかるつもりだな。それが職人の視点だと思います。今も自分が描いている作品の評価は知ってるよ。今のところたぶん正確だと思う。自分の評価が自分で分かることは商売の根源だね。

**平松**　例えばゲラを見てもわからなかったことが、印刷物になって呈示された時に、はっとして愕然としたりすることがあります。東海林さんはどの段階で判断するんですか？

**東海林**　描いてる時は夢中ですから、最近の作品は評価できないです。僕は自分の作品をスクラップして、ある程度、たとえば一年くらい時間を置いて、客観性が自分に出来た時に見る。その時の感覚を頼りにしています。

**平松**　人じゃなくて、あくまでも自分の視点。

**東海林**　だって評価なんて返ってこないでしょ。だから物書きがだめになるのは、自分の作品を自分で評価できなくなった時。

**平松**　自分の引導はあくまでも自分で渡す。今までそうしようと思ったことはありますか？

**東海林**　あったよ。三、四十代くらいの時は、よくあれでもったなと思う。四十代くらいの時に描いた作品は、だめだった。

**平松**　そうでしたか。でもその時でも、週刊誌の連載は続いていたわけでしょう？

**東海林**　それは時代も良かったし、世間も許してくれたから。だめだったのは明らか。

**平松**　何がだめだったの？

**東海林**　面白くない。

**平松**　でも、わかりながら続けていた。

**東海林**　わかりながらも、当時の色んな環境の中であれしかできなかったから。すごく反省しています。

**平松**　その期間はどれくらいあったのでしょうか？

**東海林**　十年以上。ライバルがいなかったんだ。

**平松**　一種別格な手塚治虫の他に、東海林さんは誰をライバルと思っていました？

**東海林**　僕らの漫画と手塚さんの漫画は全然別の世界ですよ。谷岡ヤスジが出てきたときは、すごいショックでしたね。ライバルだと。そう思った人は何人かいたけれど、だんだん消えていっちゃったんだよね。すごく運が良くて、生き延びちゃった。

**平松**　ライバルが消えていったことについてはどう思っていました？

**東海林**　危機感がなくなって、かえって自分で自分を研鑽しようとした。偉いよね（笑）。でもさあ、衰えていく自分って悲しいよね。

悲しくない？　悲しいって表現はどうでしょうか。

**平松**　切ない、かな？

**東海林**　切ないよね。

**平松**　切ないっていう情感を求めてしまうのも甘いのかなあ。切なさにすがりたいのかなあ。うーんよくわかんないですけど。東海林さんとは、飲んでても結局はいつもこういう話になりますね。

**東海林**　そうだね。本質論。でも、本質論がいちばん面白いよね。

## 漫画家という「商売」

**平松**　東海林さんはご自分の仕事を「商売」とおっしゃるでしょう。きっぱりしていて、すごく好きなんです。「商売」という言葉ってネガティブな意味に捉えられがちだけれど、すごく潔い。やっぱり人は生活していかなくちゃいけないし、その時に何を自分の生きていく手だてにするかと考えた時、「商売」って考えると、すごく背筋が伸びるところがありますよね。言葉として重いなと。

**東海林**　身過ぎ世過ぎみたいなね。でもねぇ、自分が好きなことをやって食えるくらい、幸せなことはないですよね。本当にそう思う。

**平松**　はい。しみじみそう思います。商売意識って最初からあるものではなく、自分で仕事を選んで、これで生きていくんだと自覚した後に出てくるものだし、自分で育てていくものですよね。東海林さんが最初に商売と自覚したのはいつごろですか？

**東海林**　最初からはないね。大人になりながら、友達がサラリーマンやってるのを見たり、いろんな人の職業を見ていく中で、みんな大変そうじゃん。俺あんまり大変じゃないなと思って。子どもの時からなりたかった商売だからね。小学生がプロ野球の選手になりたいとか蒸気機関車の運転手になりたいとか言うのと同じ水準で、漫画家になりたかった。だからこの商売やってて、一回もつらいと思ったことないよ。それがすごい幸せだなと思って。いつも思うのは、世の中の大半の人は、適職じゃない職業でしょ。通勤電車がとりあえず考えられない。たまたま乗ると、人々はこうして耐えながら毎日を過ごしてるんだなーと。職業がどうあろうと、あれだけで大変。なんとかなんないかなぁ。

**平松**　それぞれの選択ですものね。一ページいくらの原稿料で生きてくのなんか絶対嫌だという人もいるだろうし、人は商売で生きていかなきゃいけないわけだから、結局はみな同じなんだと思います。

東海林　うん、そうなんだよね。どうしたらいいんでしょうか……。ま、いっか。

（『ｃｏｙｏｔｅ』二〇一六年）

# 編者あとがき

平松洋子

「お向かいの田中さんのご主人、ゆうべ自殺なさったんですって」

「ああ、そろそろだと思ってたんですよ」

などという会話が、ごく普通に語られるような時代は来ないものだろうか。

（「明るい自殺」）


近所のおばさん同士の会話である。なんだかあまりにも自然なので、こちらも「アラそうだったんですねー」と話にくわわり、頭を振ってうなずく。

そもそも「明るい自殺」というフレーズにぎょっとさせられる。自殺は暗く悲しいもの、口に出すのも憚られるもの、そういう認識でしょう、普通は。ところが、タイトルからして「明るい自殺」と大上段に振りかぶっている。

（ええー、だいじょうぶなのこれ。倫理観とかどうなってるの）

眉を顰めるのは当然のなりゆきだと思う。しかし、東海林さんはみじんも揺らがない。世間では救いようがないとされる悲しい行為を、大胆にも日の当たる方向へ引っ張り出そうと試みる。自分の人生に引導を渡し、みずから決着をつけて自分の人生にたいして責任を持ちたい一念なんですよ、と一行ずつじわじわ、じわじわ攻めてゆく。そのプロセスは訴え芸とでも呼びたい東海林さんならではの筆の運びで、だんだん「そうかな?」「だな!」と膝を叩くことになる。ちょっとくやしいけれども。

おなじ「明るい自殺」のなかに、こんな一文もある。

「介護というのは、一人の人生のために、もう一人の人生のほとんど全てを犠牲にすることである」

こういうことをはっきり書くのは東海林さんだけである。きっぱりと迷いのない、確信犯の物言い。あまりに正面切って堂々としているので、図星を指された気分に誘われる。そして、人前では口にしにくい本音を正面から肯定され、ほっと安堵のため息さえもらすのだ。かくして、読者は東海林さんと固い握手を交わす。

理不尽な場面に追い込まれたときほど冴えるのが、東海林さんの筆である。人生は理不尽の連続、一難去ってまた一難。この繰り返しのなかをオロオロウロウロしながら生きるのがぼくたち人間なんだよね、という人生観が東海林さんの目玉を細かく動かす。しかも、理不尽の中身に大小の違いや優劣があるわけではない。のほほんと暮らしていようと、のるかそるかの崖っぷちで震えていようと、目前に現れる厄介ごとのすべては同等である。

　本書の冒頭に、理不尽のシンボルとして「なんとなくクラシテル」を措いた。長年連れ添ってきた夫、雄一。妻、良江。ふたりのあいだで勃発する、「スーパーダイエー西新井店」の閉店間際セールで買った五匹四〇〇円のサンマに端を発する攻防戦には、戦慄させられる。そして、雄一と良江をマルハダカにしてゆく東海林さんの筆はいっそ残酷なほど的確で、容赦がない。

「このサンマはどこで獲れたものかね」

　せめてもの会話の糸口に、と雄一が発した問いに、良江は「さあ」「そこのスーパーで買ったものだから」。ミもフタもない不毛な会話にぞくりとするのだが、いやしかし、自分の家でも似たようなやりとりが……。

　もちろん雄一も負けてはいない。妻の頭頂部の白い茎状の髪をチロリと眺め、口にこそ出さないが「みっともないな」と苦々しく思う。いっぽう、良江は、歯のあいだに楊枝を突っ込んで奮闘している姿に横目をやりながら、引導を渡す。

「(早く決着をつけんとか、このウスノロ)」

　他人ごとながら泣きそうになってしまう。しかし、良江はさっさと朝食の現場にカタをつけ、娘とデパートにでかける予定に移行したいのだから、楊枝と戦う夫の存在は厄介でしかない。男と女の末路とは、こんなに哀しく可笑しいものなのか。あれほど情熱を注いで性のモンダイにも正面から取り組んでみた（第2章）のに、けっきょくコレなのかなと思うと、涙も乾いてしまいます。

あるいは、「旅館の朝食について」。ふだん朝食は食べないくせに、部屋のみんなが朝食会場の広間に出払ってしまうと落ち着かなくなり、「ま、梅干しにお茶だけでも」と思いながら、とりあえず席につく。すると、自分の前に並んでいる料理のあれこれを確保したくなり、むくむくと執着が巻き起こってしまう。オレの陣地に入ってくんな。アジの干物、かまぼこ、わさび漬け、生卵、海苔、納豆……はっと気づいたら、段取りを組み立てて箸を使っている。

本書のあちこちで立ち会う自己崩壊の現場の数々。ナマナマしい喜怒哀楽を刺激され、「バカだなー」と嗤ったり哀れんでいるうち、アレ？　鏡に映っているのはおのれの姿じゃないか、と気づくことになる。

六年ほど前、東海林さんは肝細胞がんが発見されたことがあった。人生で初めて長期にわたる入院生活を経験し、その経験を踏まえてこんな心境にいたったことを告白している。

不本意は人生の一大テーマである。

人生は不本意の連続である。

（『ガン入院オロオロ日記』）


日々すなわち、理不尽と不本意の連打。

その渦中、東海林さんは何度でもつぶやく。

「ま、いっか」

額にしわを寄せて突き詰めたつもりになったところで人間たいした差はないんだよ、だって、みんな哀れな生き物なんだから。これが東海林さんの人生哲学だ。

「人間は哀れだね」

「なにをやっても可笑しいね」

理不尽と不本意から身をかわす骨法、それが「ま、いっか」である。

しかし、つい欲がでるのが人間というもの。

いみじくも、東海林さんは吐露している。


寸前というのが理想的だが、その寸前の判断がむずかしい。

など迷っているはずなのに、実はすでに呆けているということもありうる。


（「明るい自殺」）

往生際という人生の総仕上げの局面でも、右往左往。

いまが〝こころゆくまで〟のような気がする。が、もしかしたらまだのような気がする。もう、ちょっと。


（「往生際」）


「まだ」と「もう、ちょっと」のあいだをウロチョロしてしまう。哀しいね。可笑しいね。

つい先日、東海林さんと地元の西荻で会い、緊急事態宣言の明けた居酒屋でオサケを飲んだ。話の前後は忘れたけれど、こんな会話をした。

「そういえば、柳家小三治師匠が亡くなられましたね」と私。

「亡くなる数日前まで高座に上がっていらっしゃったと新聞で読みました。落語家人生を全うされたというか、みごとな小三治師匠の去り際だと思いました」

「本当にね。直前まで元気で仕事をしていたというわけだものね」

「ええ。患われたり苦しんだりなさったりということもなかったようです。〝本人は自分が死んだことさえ知らないんじゃないか〟という奥様の談話も出ていました」

このとき、東海林さんがポロリと口にした。

「自分が死ぬってこと、本当にわかってなかったのかな」

もしかしたら寸前にわかっていたかもしれないし、まだわからなかったかもしれないし――二度三度、自分に問うような口調で繰り返し言うので、とっさに私は方向転換を図った。

「こうも考えられますよ。いま死んでいくんだなと思いながらこころゆくまで生きて亡くなられた――。真実は本人だけが知っている」

すると、東海林さんは「そうだ、そうだよね。いいところに気がついたね」と言い、にこっと笑いながら冷たいビールをひとくち飲み、満足そうにうなずいたのだった。

# 底本一覧

## 1

なんとなくクラシテル　『ずいぶんなおねだり』文春文庫、二〇〇〇年
許さん！　爺さん奮戦記　『そうだ、ローカル線、ソースカツ丼』文春文庫、二〇一一年
「健康」フリーク　『ニッポン清貧旅行』文春文庫、一九九七年
スポーツの持つ病い　『東京ブチブチ日記』文春文庫、一九九〇年
世の中はズルの壁でできている　『誰だってズルしたい！』文春文庫、二〇〇七年
コンビニ日記　『ずいぶんなおねだり』文春文庫、二〇〇〇年
旅館の朝食について　『ショージ君の時代は胃袋だ』文春文庫、一九八八年
妻と語らん　『のほほん行進曲』文春文庫、二〇〇二年

## 2

フロイトが食べる　『アイウエオの陰謀』文春文庫、一九九八年
夢混（ゆめこん）（夢の混浴）よ、いずこ　『微視的（ちまちま）お宝鑑定団』文春文庫、二〇一二年
青春の辞典　PartⅠ　『もっとコロッケな日本語を』文春文庫、二〇〇六年
青春の辞典　PartⅡ　『もっとコロッケな日本語を』文春文庫、二〇〇六年
青春の辞典　PartⅢ　『もっとコロッケな日本語を』文春文庫、二〇〇六年

官能で「もう一度ニッポン」『ガン入院オロオロ日記』文春文庫、二〇一九年
五十八歳の告白『明るいクヨクヨ教』文春文庫、二〇〇三年

## 3

人間は哀れである『ヘンな事ばかり考える男 ヘンな事は考えない女』文春文庫、二〇〇五年
小さな幸せ『食後のライスは大盛りで』文春文庫、一九九五年
自分部分史・帽子史篇『とんかつ奇々怪々』文春文庫、二〇〇四年
猫の時代『平成元年のオードブル』文春文庫、一九九二年
地球滅亡の前夜に「最後の晩餐」『誰だってズルしたい！』文春文庫、二〇〇七年
白湯の力『ショージ君の養生訓』文春文庫、二〇〇九年
明るい自殺『とんかつ奇々怪々』文春文庫、二〇〇四年
往生際『ヘンな事ばかり考える男 ヘンな事は考えない女』文春文庫、二〇〇五年

## 4

地元のこと『ｃｏｙｏｔｅ』五七号「平松洋子 本の丸かじり」スイッチ・パブリッシング、二〇一六年（原題「西荻くんだり」）
創作とショーバイ『ｃｏｙｏｔｅ』五七号「平松洋子 本の丸かじり」スイッチ・パブリッシング、二〇一六年

本書は漫画家でありエッセイストである東海林さだおの作品から、編者の平松洋子がエッセイを編んだオリジナル・アンソロジーです。

本文中には現在の人権意識に照らして差別的ととられる表現がありますが、執筆当時の時代背景を考え、あえてそのままとしました。

B級グルメで世界一周　東海林さだお

読んで楽しむ世界の名物料理。キムチの辛さにうなり、小籠包の謎に挑み、チーズフォンデュを見直し、どこかで一滴の醤油味に焦がれる。（久住昌之）

柴田元幸ベスト・エッセイ　柴田元幸編著

例文が異常に面白い辞書。名曲の斬新過ぎる解釈。そして工業地帯で育った日々の記憶。名翻訳家が自ら選んだ、文庫オリジナル決定版。

うつくしく、やさしく、おろかなり　杉浦日向子

生きることを楽しもうとしていた江戸人たち。彼らの紡ぎ出した文化にとことん惚れ込んだ著者がその思いの丈を綴った最後のラブレター。（松田哲夫）

杉浦日向子ベスト・エッセイ　杉浦日向子

初期の単行本未収録作品から、若き晩年、自らの生と死を見つめた名篇までを、多彩な活躍をした人生の軌跡を辿るように集めた、最良のコレクション。

遠い朝の本たち　須賀敦子

一人の少女が成長する過程で出会い、愛しんだ文学作品の数々を、記憶に深く残る人びとの想い出とともに描くエッセイ。（末盛千枝子）

アンソロジー　カレーライス!!　大盛り　杉田淳子編

内田百閒、池波正太郎、阿川佐和子……。忘れられない味からとっておきの名店まで、作家のカレー愛に満ちた名エッセイ、ボリュームたっぷり44編！

世界奇食大全　増補版　杉岡幸徳

あらゆる物を味わう珍グルメ大全。ラクダのこぶ、土のスープ、サボテンから、甘口イチゴスパまで。ワラスボ、トド等8品を増補。（宮田珠己）

高峰秀子の捨てられない荷物　斎藤明美

肉親との壮絶な確執の果てに訪れた夫の松山善三との穏やかな生活、女優・高峰秀子が心を開いて打ち明けた唯一の評伝。（皆川博子・松山善三）

老いの楽しみ　沢村貞子

八十歳を過ぎ、女優引退を決めた著者が、日々の思いを綴る。齢にさからわず、「なみ」に、気楽に、と過ごす時間に楽しみを見出す。（山崎洋子）

わたしの脇役人生　沢村貞子

脇役女優として生きてきた著者が、歯に衣着せぬ、それでいて人情味あふれる感性で綴ったエッセイ集。一つの魅力的な老後の生き方。（寺田農）

ちくま文庫

東海林さだおアンソロジー
人間は哀れである

二〇二一年十二月十日　第一刷発行

著　者　東海林さだお（しょうじ・さだお）
編　者　平松洋子（ひらまつ・ようこ）
発行者　喜入冬子
発行所　株式会社　筑摩書房
東京都台東区蔵前二—五—三　〒一一一—八七五五
電話番号　〇三—五六八七—二六〇一（代表）
装幀者　安野光雅
印刷所　明和印刷株式会社
製本所　株式会社精信堂


ISBN978-4-480-43781-5　C0195